|经典散文精华本|

戴望舒诗文

雨巷

戴望舒◎著

三辰影库音像出版社
SUNCHIME

图书在版编目（ＣＩＰ）数据

戴望舒诗文：雨巷／戴望舒著．——北京：三辰影库电子音像出版社，2017.9

ISBN 978-7-83000-265-7

Ⅰ．①戴… Ⅱ．①戴… Ⅲ．①散文集－中国－现代②诗集－中国－现代 Ⅳ．① I216.2

中国版本图书馆 CIP 数据核字（2017）第 215674 号

书　　名：戴望舒诗文：雨巷
作　　者：戴望舒　著
出版发行：三辰影库音像出版社
地　　址：北京市朝阳区北苑路媒体村天畅园 2 号楼
出 版 人：王六一
印　　制：北京凯达印务有限公司
开　　本：880 毫米 ×1230 毫米　1 / 32
印　　张：9.5
版　　次：2017 年 10 月第 1 版
印　　次：2017 年 10 月第 1 次印刷
印　　数：1—5000
书　　号：ISBN 978-7-83000-265-7
定　　价：29.80 元
版权所有　翻版必究

凡购买本社图书，如有缺页、倒页、脱页，由发行公司负责退换

目　录

第二辑　山居杂缀

第三辑　雨巷

第四辑　流浪人的夜歌

第五辑　寻梦者

第 一 辑
我 的 旅 伴

　　我们于是商量定，关上了车厢的门，放下窗幔，熄了灯，各占一张长椅而卧，免得上车来的人占据了我们的座位，使我们不得安睡。商量既定，我们便都挺直了身子躺在长椅上。不到十几分钟，我便听到胖先生的呼呼的鼾声了。

夜莺

在神秘的银月的光辉中，树叶儿啁啾地似在私语，缂缛地似在潜行；这时候的世界，好似一个不能解答的谜语，处处都含着幽奇和神秘的意味。

有一只可爱的夜莺在密荫深处高啭，一时那林中充满了她婉转的歌声。

我们慢慢地走到饶有诗意的树荫下来，悠然听了会鸟声，望了会月色。我们同时说："多美丽的诗境！"于是我们便坐下来说夜莺的故事。

"你听她的歌声是多悲凉！"我的一位朋友先说了，"她是那伟大的太阳的使女：每天在日暮的时候，她看见日儿的残光现着惨红的颜色，一丝丝地向辽远的西方消逝了，悲思便充满了她幽微的心窍，所以她要整夜地悲啼着……"

"这是不对的，"还有位朋友说，"夜莺实是月儿的爱人：你可不听见她的情歌是怎地缠绵？她赞美着月儿，月儿便用清辉将她拥抱着，从她的歌声，你可听不出她灵魂是沉醉着？"

我们正想再听一会夜莺的啼声，想要她启示我们的怀疑，但是她拍着翅儿飞去了，却将神秘作为她的礼物留给我们。

（载一九二六年三月《璎珞》第一期）

我的旅伴
——西班牙旅行记之一

　　从法国入西班牙境，海道除外，通常总取两条道路：一条是经东北的蒲港（Port-Bou），一条是经西北的伊隆（Irún）。从里昂出发，比较是经由蒲港的那条路近一点，可是，因为可以经过法国第四大城鲍尔陀（Bordeaux），可以穿过"平静而美丽"的伐斯各尼亚（Vasconia），可以到蒲尔哥斯（Burgos）去瞻览世界闻名的大伽蓝，可以到伐略道里兹（Valladolid）去寻访赛尔房德思（Cervantes）的故居，可以在"绅士的"阿维拉（Avila）小作勾留，我便舍近而求远，取了从伊隆入西班牙境的那条路程。

　　一九三四年八月二十二日下午五时，带着简单的行囊，我到了里昂的贝拉式车站。择定了车厢，安放好了行李，坐定了位子之后，开车的时候便很近了。送行的只有友人罗大刚一人，颇有点冷清清的气象，可是久居异乡，随遇而安，离开这一个国土而到那一个国土，也就像迁一家旅舍一样，并不使我起什么怅惘之思，而况在我前面还有一个在我梦想中已变成那样神秘的西班牙在等待着我。因此，旅客们的喧骚声，开车的哨子声，汽笛声，车轮徐徐的转动声，大冈的清爽的 Bon voyage 声，在我听来便好像是一阕快乐的前奏曲了。

火车已开出站了，扬起的帽子，挥动的素巾，都已消隐在远处了。我还是凭着车窗望着，惊讶着自己又在这永远伴着我的旅途上了。车窗外的风景转着圈子，展开去，像是一轴无尽的山水长卷：苍茫的云树，青翠的牧场，起伏的山峦，绵亘的耕地，这些都在我眼前飘忽过去，但并没有引起我的注意。我的心神是在更远的地方。这样地，一个小站，两个小站过去了，而我却还在窗前伫立着，出着神，一直到一个奇怪的声音把我从梦想中拉出来。

一个奇怪的声音在我的车厢中响着，好像是婴孩的啼声，又好像是妇女的哭声。它从我的脚边发出来；接着，又有什么东西踏在我脚上。我惊奇地回头过去：四张微笑着的脸儿。我向我的脚边望去：一只黄色的小狗。于是我离开了窗口，茫然地在座位上坐了下去。

"这使你惊奇吗，先生？"坐在我旁边的一位中年人说，接着便像一个很熟的朋友似的溜溜地对我说起来："我们在河沿上鸟铺前经过，于是这个小东西就使我女人看了中意了。女人的怪癖！你说它可爱吗，这头小狗？我呢，我还是喜欢猫。哦，猫！它只有两个礼拜呢，这小东西。我们还为它买了牛奶。"他向坐在他旁边的妻子看了一眼，"你说，先生，这可不是自讨麻烦吗？——嘟嘟，别那么乱嚷乱跑！——它可弄脏了你的鞋子吗，先生？"

"没有，先生，"我说，"倒是很好玩的呢，这只小狗。"

"可不是吗？我说人人见了它会欢喜的，"我隔座的女人说，"而且人们会觉得不寂寞一点。"

是的，不寂寞。这头小小的生物用它的尖锐的唤声充满了这在辘辘的车轮声中摇荡里的小小的车厢，像利刃一般地刺到我耳中。

这时，这一对夫妇忙着照顾他们新买来的小狗，给它预备牛奶，我们刚才开始的对话，便因而中止了。趁着这个机会，我便去观察一下我的旅伴们。

坐在我旁边的中年人大约有三十五六岁，养着一撮小胡子，胖胖的脸儿发着红光，好像刚喝过了酒，额上有几条皱纹，眼睛却炯炯有光，像一个少年人。灰色条纹的裤子。上衣因为车厢中闷热已脱去了，露出了白色短袖的 Lacoste 式丝衬衫。从他的音调中，可以听出他是马赛人或都隆一带的人。他的言语服饰举止，都显露出他是一个小 rentier，一个十足的法国小资产阶级者。坐在他右手的他的妻子，看上去有三十岁光景。染成金黄色的棕色的头发，栗色的大眼睛，上了黑膏的睫毛，敷着发黄色的胭脂的颊儿，染成红色的指甲，葵黄色的衫子，鳄鱼皮的鞋子。在年轻的时候，她一定曾经美丽过，所以就是现在已经发胖起来，衰老下去，她还没有忘记了她的爱装饰的老习惯。依然还保持着她的往日的是她的腿胫。在栗色的丝袜下，它们描着圆润的轮廓。

坐在我对面的胖子有四十多岁，脸儿很红润，胡须剃得光光的，满面笑容。他在把上衣脱去了，使劲地用一份报纸当扇子挥摇着。在他的脚边，放着一瓶酒，只剩了大半瓶，大约在上车后已喝过了。他头上的搁篮上，又是两瓶酒。我想他之所以能够这样白白胖胖欣然自得，大概就是这种葡萄酒的作用。从他的神气看来，我猜想是开铺子的（后来知道他是做酒生意的）。薄薄的嘴唇证明他是一个好说话的人，可是自从我离开窗口以后，我还没有听到他说过话。大约还没有到时候。恐怕一开口就不会停。

坐在这位胖先生旁边，缩在一隅，好像想避开别人的注意而反引起别人的注意似的，是一个不算难看的二十来岁的女人。穿着黑色的衣衫，老在那儿发呆，好像流过眼泪的有点红肿的眼睛，老是望着一个地方。她也没有带什么行李，大约只作一个短程的旅行，不久就要下车的。

在我把我的同车厢中的人观察了一遍之后，那位有点发胖的太太已经把她的小狗喂过了牛乳，抱在膝上了。

"你瞧它多乖！"她向那现在已不呜呜地叫唤的小狗望了一眼，好像对自己又好像对别人地说。

"呃，这是'新地'种，"坐在我对面的胖先生开始发言了，"你别瞧它现在那么安静，以后它脾气就会坏的，变得很凶。你们将来瞧着吧，在十六七个月之后。呃，你们住在乡下吗？我的意思是说，你们住在巡警之力所不及的僻静的地方吗？"

"为什么？"两夫妇同声说。

"为什么？为什么？为了这是'新地'种，是看家的好狗。难道你们不知道吗？它会很快地长大起来，长得高高的，它的耳朵，也渐渐地会拖得更长，垂下去。它会变得很凶猛。在夜里，你们把它放在门口，你们便可以敞开了大门高枕无忧地睡觉。"

"啊！"那妇人喊了一声，把那只小狗一下放在她丈夫的膝上。

"为什么，太太？"那胖子说，"能够高枕无忧，这还不好吗？而且'新地'种是很不错的。"

"我不要这个。我们住在城里很热闹的街上，我们用不到一头守夜狗。我所要的是一只好玩的小狗，一只可以在出去散步时随手牵着的小狗，一只会使人感到不大寂寞一点的小狗。"那女人回答，接着就去埋怨她的丈夫了，"你为什么会这样糊涂！我不是已对你说过好多次了吗，我要买一头小狗玩玩？"

"我知道什么呢？"那丈夫像一个牺牲者似的回答，"这都是你自己不好，也不问一问伙计，而且那时离开车的时间又很近了。是你自己指定了买的，我只不过付钱罢了。"接着对那胖先生说，"我根本就不喜欢狗。对于狗这一门，我是完全外行。我还是喜欢猫。关于猫，我还懂得一点，暹罗种，昂高拉种；狗呢，我一点也不在行。有什么办法呢！"他耸了一耸肩，不说下去了。

"啊，太太，我懂了。你所要的是那种小种狗。"那胖先生说，接着他更卖弄出他的关于狗种的渊博的知识来："可是小种狗也有许多种，Dandie-dinmont, King Charles, Skye-terrier, Pékinois, loulou, Biehon de malt, Japonais, Bouledogue, teerieranglais à poils durs，以及其他等等，说也说不清楚。你所要的是哪一种样子的呢？像用刀切出来的方方正正的那种小狗呢，还是长长的毛一直披到地上又遮住了脸儿的那一种？"

"不是，是那种头很大，脸上起皱，身体很胖的有点儿像小猪的那种。以前我们街上有一家人家就养了这样一只，一副蠢劲儿，怪好玩的。"

"啊啊！那叫 Bouledogue，有小种的，也有大种的。我个人不大喜欢它，正就因为它那副蠢劲儿。我个人倒喜欢 King Charles 或是 Japonais。"说到这里，他转过脸来对我说："呃，先生，你是日本人吗？"

"不，"我说，"中国人。"

"啊！"他接下去说，"其实 Pékinois 也不错，我的妹夫就养着一条。这种狗是出产在你们国里的，是吗？"

我含糊地答应了他一声，怕他再和我说下去，便拿出了小提箱中的高谛艾的《西班牙旅行记》来翻看。可是那位胖先生倒并没有说下去，却拿起了放在脚边的酒瓶倾瓶来喝。同时，在那一对夫妻之间，便你一句我一句地争论起来了。

快九点钟了。我到餐车中去吃饭。在吃得醺醺然地回来的时候，车厢中只剩了胖先生一个人在那儿吃夹肉面包喝葡萄酒。买狗的夫妇和黑衣的少妇都已下车去了。我问胖先生是到哪里去的。他回答我是鲍尔陀。我们于是商量定，关上了车厢的门，放下窗幔，熄了灯，各占一张长椅而卧，免得上车来的人占据了我们的座位，使我们不得安睡。商量既定，我们便都挺直了身子躺在长椅上。不到十几分钟，我便听到胖先生的呼呼的鼾声了。

（载一九三六年一月十日《新中华》第四卷第一期）

鲍尔陀一日
——西班牙旅行记之二

清晨五点钟。受着对座客人的"早安"的敬礼，我在辘辘的车声中醒来了。这位胖先生是先我而醒的，一只手拿着酒瓶，另一只手拿着一块饼干，大约已把我当作一个奇怪的动物似的注视了好久了。

"鲍尔陀快到了吧？"我问。

"一小时之后就到了。您昨夜睡得好吗？"

"多谢，在火车中睡觉是再舒适也没有了。它摇着你，摇着你，使人们好像在摇篮中似的。"说着我便向车窗口望出去。

风景已改变了。现在已不是起伏的山峦，广阔的牧场，苍翠的树林了，在我眼前展开着的是一望无际的葡萄已经成熟了，我仿佛看见了暗绿色的葡萄叶，攀在支柱上的藤蔓，和发着宝石的光彩的葡萄。

"你瞧见这些葡萄田吗？"那胖先生说，接着，也不管我听与不听，他又像昨天谈狗经似的对我谈起酒经来了，"你要晓得，我们鲍尔陀是法国著名产葡萄酒的地方，说起'鲍尔陀酒'，世界上是没有一处人不知道的。这是我们法国的命脉——也是我的命脉。这也有两个意义：第一，正如你所见到的一样，我是一天也不能离开葡萄酒的；"他喝了一口酒，放下了瓶子接下去说，"第二呢，我是做酒生意的，我在鲍尔陀开着一个小小的酒庄。葡萄酒双倍地维持着我的生活，所以也难怪我对于酒发着颂词了。喝啤酒的人会有一个混浊而阴险的头脑，像德国人一样；喝烧酒（Liqueur）的人会变成一种中酒精毒的疯狂的人；而喝了葡萄酒的人却永远是爽直的、喜乐的、满足的，最大的毛病是多说话而已，但多说话并不是一件缺德的事。……"

"鲍尔陀葡萄酒的种类很多吧？"我趁空屭进去问了一句。

"这真是说也说不清呢。一般说来，是红酒白酒，再稍为在行一点的人却以葡萄的产地来分，如'美道克'（Médoc），'海岸'（Ctcs），'沙滩'（Graves），'沙田'（Palus），'梭代尔纳'（Sauternes）等等。这是大致的分法，但每一种也因酒的品质和制造者的不同而分了许多种类，'美道克'葡萄酒有'拉斐特堡'（Chateau-Lafite），'拉都堡'（Chateau-Latour），'莱奥维尔'（Léoville）等类；'海岸'有'圣爱米略奈'（St. Emilionais），'李布尔奈'（Libournais），'弗龙沙代'（Fronsadais）等类；'沙田'葡萄酒和'沙滩'酒品质比较差一点，但也不乏名酒；享受到世界名誉的是'梭代尔纳'的白酒，那里的产酒区如鲍麦（Bommes），巴尔沙克（Barsac），泊莱涅克（Preignac），法尔格

（Fargues）等，都出好酒，特别以'伊甘堡'（Chateau-Yquem）为最著名。因为他们对于葡萄酒的品质十分注意，就是采葡萄制酒的时候，至少也分三次采，每次都只采成熟了的葡萄……而且每一个制造者都有着他们世袭的秘法，就是我们也无从知晓。总之，"在说了这一番关于鲍尔陀酒的类别之后，他下着这样的结论，"如果你到了鲍尔陀之后，我第一要奉劝的便是请你去尝一尝鲍尔陀的好酒，这才可以说不枉到过鲍尔陀。……"

"对不起，"一半也是害怕他再滔滔不绝地说下去，我站起身来说，"我得去洗一个脸呢，我们回头谈吧。"

回到车厢中的时候，火车离鲍尔陀已只有十几分钟的路程了。胖先生在车厢外的走廊上笑眯眯地望着车窗外的葡萄田，好像在那些累累的葡萄上看到了他自己的满溢的生命一样。我也不去打搅他，整理好行囊，便依着车窗闲望了。

这时在我的心头起伏着的是一种莫名其妙的不安。这种不安是读了高谛艾的《西班牙旅行记》而引起的，对到鲍尔陀站时，高谛艾这样写着他的印象：

下车来的时候，你就受到一大群的夫役的攻击，他们分配着你的行李，合起二十个人来扛一双靴子：这还一点也不算稀奇；最奇怪的是那些由客栈老板埋伏着截拦旅客的牢什子。这一批混蛋逼着嗓子闹得天翻地覆地倾泻出一大串颂词和咒骂来：一个人抓住你的胳膊，另一个人攀住你的腿，这个人拉住你的衣服的后襟，那个人拉住你的大氅的钮子："先生，到囊特旅馆里去吧，那里好极啦！"——"先生不要到那里去，那是一个臭虫的旅馆，臭虫旅馆这才是它的真正的店号。"那对敌的客店的代表急忙这样说。——"罗昂旅馆！""法兰西旅馆！"那一大群人跟在你后面嚷着。——"先生，他们是永远也不洗他们的沙锅的，他们用臭猪油烧菜，他们的房间里漏得像下雨，你会被他们剥削、抢盗、谋杀。"每一个人都设法使你讨厌那些他们对敌的客栈，而这一大批跟班只在你断然踏进了一家旅馆的时候才离开你。那时他们自己之间便口角起来，相互拔出皮鞭头来，你骂我强盗，我骂你贼，以及其他类似的咒骂，接着他们又急急忙忙地追另一个猎物。

到了鲍尔陀的圣约翰站，匆匆地和胖先生告了别之后，我便是在这样的心境中下了火车。我下了火车：没有脚夫来抢拿我的小皮箱；我走出了车站：没有旅馆接客来拽我的衣裾。这才使我安心下来，心里想着现在的鲍尔陀的确比一八四〇年的鲍尔陀文明得多了。

我不想立刻找一个旅馆，所以我便提着轻便的小提囊安步当车顺着大路踱过去。这正是上市的时候，买菜的人挟着大篮子在我面前经过，熙熙攘攘，使我连游目骋怀之心也被打散了。一直走过了闹市之后，我的心才渐渐地宽舒起来。高谛艾说："在鲍尔陀，西班牙的影响便开始显着起来了。差不多全部的市招都是用两种文字写的；在书店里，西班牙文的书至少和法文书一样多。许多人都说着吉诃德爷和古士芝·达尔法拉契的方言……"我开始注意市招：全都是法文的；我望了一望一家书店的橱窗：一本西班牙文的书也没有；我倾听着过路人的谈话：都是地道的法语，只是有点重浊的本地口音而已。这次，我又太相信高谛艾了。

这样地，我不知不觉走到了鲍尔陀最热闹的克格芝梭大街上。咖啡店也开门了，把藤椅一张张地搬到檐前去。我走进一家咖啡店去，遵照同车胖先生的话叫了一杯白葡萄酒，又叫了一杯咖啡，一客夹肉面包。

也许是车中没有睡好，也许是闲走累了，也许是葡萄酒发生了作用，一片懒惰的波浪软软地飘荡着我，使我感到有睡意了。我想：晚间十二点要动身，而我在鲍尔陀又只打算走马看花地玩一下，那么我何不找一个旅馆去睡几小时，就是玩起来的时候也可以精神抖擞一点。

罗兰路。勃拉丹旅馆。在吩咐侍者在正午以前唤醒我之后，我便很快地睡着了。

侍者在十一点半唤醒了我，在洗盥既毕出门去的时候，天已在微微地下雨了。我冒着微雨到圣昂德莱大伽蓝巡礼去，这是英国人所建筑的，还是中世纪的遗物，藏着乔尔丹（Jordans）和维洛奈思（Véronèse）等名画家的画。从这里出来后，我到喜剧院广场的鲍尔陀咖啡饭店去丰盛地进了午餐。在把肚子里装满了鲍尔陀的名酒和佳肴之后，正打算继续去览胜的时候，雨却倾盆似地泻下来。一片南方的雨，急骤而短促。我不得不喝着咖啡等了半小时。

出了饭馆之后，在一整个下午之中我总计走马看花地玩了这许多地方：圣母祠、甘龚斯广场、圣米式尔寺、公园、博物馆。

关于这些，我并不想多说什么，《蓝皮指南》以及《倍德凯尔》等导游书的作者，已经有更详细的记载了。

使我引为憾事的是没有到圣米式尔寺的地窖里去看一看。那里保藏着一些成为木乃伊的尸体，据高谛艾说："就是诗人们和画家们的想象，也从来没有产生过比这更可怕的噩梦过。"但博物馆中几幅吕班思（Rubens）、房第克（Van Dyck）、鲍谛契里（Botticelli）的画，黄昏中在清静的公园中的散步，也就补偿了这遗憾了。

依旧丰盛地进了晚餐之后，我在大街上信步闲走了两点多钟，然后坐到咖啡馆中去，听听音乐，读读报纸，看看人。这时，我第一次证明了高谛艾没有对我说谎。他说："使这个城有生气的，是那些娼妓和下流社会的妇人，她们都的确是很漂亮：差不多都生着笔直的鼻子，没有颧骨的颊儿，大大的黑眼睛，爱娇而苍白的鹅蛋形脸儿。"

这样捱到了十一点光景，我回到旅馆里去算了账，便到圣约翰站去乘那在十二点半出发到西班牙边境去的夜车。

（载一九三六年一月《新中华》第四卷第二期）

在一个边境的站上
——西班牙旅行记之三

夜间十二点半从鲍尔陀开出的急行列车，在侵晨六点钟到了法兰西和西班牙的边境伊隆。在朦胧的意识中，我感到急骤的速率宽弛下来，终于静止了。有人在用法西两国语言报告着："伊隆，大家下车！"

睁开睡眼向车窗外一看，呈在我眼前的只是一个像法国一切小车站一样的小车站而已。冷清清的月台，两三个似乎还未睡醒的搬运夫，几个态度很舒闲地下车去的旅客。我真不相信我已到了西班牙的边境了，但是一个声音却在更响亮地叫过来：

——"伊隆，大家下车！"

匆匆下了车，我第一个感到的就是有点寒冷。是侵晓的冷气呢，是新秋的薄寒呢，还是从比雷奈山间夹着雾吹过来的山风？我翻起了大氅的领，提着行囊就往出口走。

走出这小门就是一间大敞间，里面设着一圈行李检查台和几道低木栅，此外就没有什么别的东西。这是法兰西和西班牙的交界点，走过了这个敞间，那便是西班牙了。我把行李照别的旅客一样地放在行李检查台上，便有一个检查员来翻看了一阵，问我有什么报税的东西，接着在我的提箱上用粉笔划了一个字，便打发我走了。再走上去是护照查验处。那是一个像车站上卖票处一样的小窗洞。电灯下面坐着一个留着胡子的中年人。单看他的炯炯有光的眼睛和他手头的那本厚厚的大册子，你就会感到不安了。我把护照递给了他。他翻开来看了看里昂西班牙领事的签字，把护照上的照片看了一下，向我好奇地看了一眼，问我一声到西班牙的目的，把我的姓名录到那本大册子中去，在护照上捺了印；接着，和我最初的印象相反地，他露出微笑来，把护照交还了我，依然微笑着对我说："西班牙是一个可爱的地方，到了那里你会不想回去呢。"

真的，西班牙是一个可爱的地方，连这个护照查验员也有他的固有的可爱的风味。

这样地，经过了一重木栅，我踏上了西班牙的土地。

过了这一重木栅，便好像一切都改变了：招纸，揭示牌，都用西班牙文写着，那是不用说的，就是刚才在行李检查处和搬运夫用沉浊的法国南部语音开着玩笑的工人型的男子，这时也用清朗的加斯谛略语和一个老妇人交谈起来。天气是显然地起了变化，暗沉沉的天空已澄碧起来，而在云里透出来的太阳，也驱散了刚才的薄寒，而带来了温煦。然而最明显的改变却是在时间上。在下火车的时候，我曾经向站上的时钟望过一眼：六点零一分。检查行李，验护照等事，大概要花去我半小时，那么现在至少是要六点半了吧。并不如此。在西班牙的伊隆站的时钟上，时针明明地标记着五点半。事实是西班牙的时间和法兰西的时间因为经纬度的不同而相差一小时，而当时在我的印象中，却觉得西班牙是永远比法兰西年轻一点。

因为是五点半，所以除了搬运夫和洒扫工役已开始活动外，车站上还是冷清清的。卖票处，行李房，兑换处，书报摊，烟店等等都没有开，旅客也疏朗朗地没有几个。这时，除了枯坐在月台的长椅上或在站上往来踱蹀以外，你是没有办法消磨时间的。到蒲尔哥斯的快车要在八点二十分才开。到伊隆镇上去走一圈呢，带着行李究竟不大方便，而且说不定要走多少路。再说，这样大清早就是跑到镇上也是没有什么多大意思的。因此，把行囊散在长椅上，我便在这个边境的车站上踱起来了。

如果你以为这个国境的城市是一个险要的地方，扼守着重兵，活动着国际间谍，压着国家的、军事的大秘密，那么你就错误了。这只是一个消失在比雷奈山边的西班牙的小镇而已。提着筐子，筐子里盛着鸡鸭，或是肩着箱笼，三三两两地来乘第一班火车的，是头上裹着包头布的山村的老妇人，面色黝黑的农民，白了头发的老匠人，像是学徒的孩子。整个西班牙小镇的灵魂都可以在这些小小的人物身上找到。而这个小小的车站，它也何尝不是十足西班牙底呢？灰色的砖石，黯黑的木柱子，已经有点腐蚀了的洋铅遮檐，贴在墙上在风中飘着的斑驳的招纸，停在车站尽头处的破旧的货车：这一切都向你说着西班牙的式微，安命，坚忍。西德（Cid）的西班牙，侗黄（Don Juon）的西班牙，吉诃德（Quixote）的西班牙，大仲马或梅里美心目中的西班牙，现在都已过去了，或者竟可以说本来就没有存在过。

的确，西班牙的存在是多方面的。第一是一切旅行指南和游记中的西班牙，那就是说历史上的和艺术上的西班牙。这个西班牙浓厚地渲染着釉彩，充满了典型人物。在音乐上，绘画上，舞蹈上、文学上，西班牙都在这个面目之下出现于全世界，而做着它的正式代表。一般人对于西班牙的观念，也是由这个代表者而引起的。当人们提起了西班牙的时候，你立刻会想到蒲尔哥斯的大伽蓝，格腊拿达的大食故宫，斗牛，当歌舞（Tango），侗黄式的浪子，吉诃德式的梦想者！塞赖丝谛拿（La Celestina）式的老虔婆，珈尔曼式的吉卜赛女子，扇子，披肩巾，罩在高冠上的遮面纱等等，而勉强西班牙人做了你的想象的受难者；而当你到了西班牙而见不到那些开着悠久的岁月的绣花的陈迹，传说中的人物，以及你心目中的西班牙固有产物的时候，你会感到失望而作"去年白雪今安在"之喟叹。然而你要知道这是最表面的西班牙，它的实际的存在是已经在一片迷茫的烟雾之中，而行将只在书史和艺术作品中赓续它的生命了。西班牙的第二个存在是更卑微一点，更穆静一点。那便是风景的西班牙。的确，在整个欧罗巴洲之中，西班牙是风景最胜最多变化的国家。恬静而笼着雾和阴影的伐斯各尼亚，典雅而充溢着光辉的加斯谛拉，雄警而壮阔的昂达鲁西亚，煦和而明朗的伐朗西亚，会使人"感到心被窃获了"的清澄的喀达鲁涅。在西班牙，我们几乎可以看到欧洲每一个国家的典型。或则草木葱茏，山川明媚；或则大山岃崢，峭壁幽深；或则古堡荒寒，困焦幽独；或则千囲澄碧，百里花香，……这都是能使你目不暇给，而至于留连忘返的。这是更有实际的生命，具有易解性（除非是村夫俗子）而容易取好于人的西班牙，因为它开拓了你对于自然之美的爱好之心，而使你衷心地生出一种舒徐的，悠长的，寥寂的默想来，然而最真实的，最深沉的，因而最难以受人了解的却是西班牙的第三个存在。这个存在是西班牙的底蕴，它蕴藏着整个西班牙，用一种静默的语言向你说着整个西班牙，代表着它的每日生活，静默至于好像绝灭，可是如果你能够留意观察，用你的小心去理解，那么你就可以把握住这个卑微而静默的存在，特别是在那些小城中。这是一个式微的、悲剧的、现实的存在，没有光荣，没有梦想。现在，你在清晨或是午后走进任何一个小城去吧。你在狭窄的小路上，在深深的平静中徘徊着。阳光从静静的闭着门的阳台上坠下来，落着一个砌着碎石的小方场。什么也不来搅扰这寂静；街坊上的叫卖声在远处寂灭了，寺院的钟声已消沉下去了。你穿过小方场，经过一个作坊，一切任何作坊，铁匠的、木匠的或羊毛匠的。你伫立一会儿，看着他们带着那一种的热心，坚忍和爱操作着；你来到一所大屋子前面：半开着的门已朽腐了，门环上满是铁锈，涂着石灰的白墙已经斑驳或生满黑霉了，从门间，你望见了被野草和草苔所侵占了的院子。你当然不推门进去，但是在这墙后面，在这门里面，你会感到有苦痛、沉哀或不遂的愿望静静地躺着。你再走上去，街路上依然是沉静的，一个喷泉淙淙地响着，三两只鸽子振羽作声。一个老妇扶着一个女孩佝偻着走过。寺院的钟迟迟地响起来了，又迟迟地消歇了。……这就是最深沉的西班牙，它过着一个寒伧、静默、坚忍而安命的生活，但是它却具有怎样的使人充塞了深深的爱的魅力啊。而这个小小的车站呢，它可不是也将这奥秘的西班牙呈显给我们看了吗？

当我在车站上来往蹀躞着的时候，我心中这样地思想着。在不知不觉之中，车站中已渐渐地有生气起来了。卖票处，烟摊，报摊，都已陆续地开了门，从镇上来的旅客们，也开始用他们的嘈杂的语音充满了这个小小的车站了。

我从我的沉思中走了出来，去换了些西班牙钱，到卖票处去买了里程车票，出来买了一份昨天的《太阳报》（Elsol），一包烟，然后回到安放着我的手提箱的长椅上去。

长椅上已有人坐着了，一个老妇人和几个孩子。一个，两个，三个，四个……一共是四个孩子。而且最大的一个十一二岁的孩子，已经在开始一张一张地撕去那贴在我提箱上的各地旅馆的贴纸了。我移开箱子坐了下来。这时候，有两个在我看来很别致的人物出现了。

那是邮差，军人，和京戏上所见的文官这三种人物的混合体。他们穿着绿色的制服，佩着剑，头面上却戴着像乌纱帽一般的黑色漆布做的帽子。这制服的色彩和灰暗而笼罩着阴阴的尼斯各尼亚的土地以及这个寒伧的小车站显得一种异样的不调和，那是不用说的；而就是在一身之上，这制服，佩剑，和帽子之间，也表现着绝端的不一致。"这是西班牙固有的驳杂的一部分吧。"

我这样想。

七点钟了。开到了一列火车,然而这是到桑当德尔(Santander)去的。火车开了,车站一时又清冷起来,要等到八点二十分呢。

我静穆地望着铁轨,目光随着那在初阳之下闪着光的两条铁路的线伸展过去,一直到了迷茫的天际;在那里,我的神思便飘举起来了。

(载一九三六年三月《新中华》第四卷第五期)

西班牙的铁路
——西班牙旅行记之四

田野的青色小径上
铁的生客就要经过，
一只铁腕行将收尽
晨曦所播下的禾黍。

这是俄罗斯现代大诗人叶赛宁的诗句。当看见了俄罗斯的恬静的乡村一天天地被铁路所侵略，并被这个"铁的生客"所带来的近代文明所摧毁的时候，这位憧憬着古旧的、青色的俄罗斯，歌咏着猫、鸡、马、牛，以及整个梦境一般美丽的自然界的，俄罗斯的"最后的田园诗人"，便不禁发出这绝望的哀歌来，而终于和他的古旧的俄罗斯同归于尽。

和那吹着冰雪的风，飘着忧郁的云的俄罗斯比起来，西班牙的土地是更饶于诗情一点。在那里，一切都邀人入梦，催人怀古：一溪一石，一树一花，山头碉堡，风际牛羊……当你静静地观察着的时候，你的神思便会飞越到一个更迢遥更幽古的地方去，而感到自己走到了一种恍惚一般的状态之中去，走到了那些古诗人的诗境中去。

这种恍惚，这种清丽的或雄伟的诗境，是和近代文明绝缘的。让魏特曼或凡尔哈仑去歌颂机械和近代生活吧，我们呢，我们宁可让自己沉浸在往昔的梦里。你要看一看在"铁的生客"未来到以前的西班牙吗？在《大食故宫余载》（一八三二）中，华盛顿·欧文这样地记着他从塞维拉到格腊拿达途中的风景的一个片断：

……见旧堡，遂徘徊于堡中久之。……堡踞小山，山跌瓜低拉河萦绕如带，河身非广，渐渐作声，绕堡而逝。山花覆水，红鲜欲滴。绿阴中间出石榴佛手之树，夜莺嘤鸣其间，柔婉动听。去堡不远，有小桥跨河而渡；激流触石，直犯水礁。礁房环以黄石，那当日堡人用以屑面者。渔縢巨网，晒堵黄石之墙；小舟横陈，即隐绿阴之下。村妇衣红衣过桥，倒影入水作绛色，渡过绿漪而没。等流连景光，恨不能画……（据林纾译文）

这是幽蒨的风光，使人流连忘返的；而在乔治·鲍罗的《圣经在西班牙》（一八四三）中，我们又可以看到加斯谛尔平原的雄警壮阔的姿态：

这天酷热异常，于是我们便缓缓地在旧加斯谛尔的平原上取道前进。说起西班牙，旷阔和宏壮是总要联想起的：它的山岳是雄伟的，而它的平原也雄伟不少逊；它舒展出去，块圠无垠，但却也并不坦坦荡荡，满目荒芜，像俄罗斯的草原那样。崎岖峣埆的土地触目皆是：这里是寒泉所冲泻成的深涧和幽壑；那里是一个嶙峋而荒蛮的培塿，而在它的顶上，显出了一个寂寥的孤村。欢欣快乐的成分很少，而忧郁的成分却很多。我们偶然可以看见有几个孤独的农夫，在田野间操作——那是没有分界的田野，不知橡树、榆树或槐树为何物；只有悒郁而悲凉的松树，在那里炫耀着它的金字塔一般的形式，而绿草也是找不到的。这些地域中的旅人是谁呢？大部分是驴夫，以及他们的一长列一长列系着单调地响着的铃子的驴子。……

在这样的背景上，你想吧，近代文明会呈显着怎样的丑陋和不调和，而"铁的生客"的出现，又会怎样地破坏了那古旧的山川天地之间相互的默契和熟稔，怎样地破坏了人和自然界之间的融和的氛围气！那爱着古旧的西班牙，带着一种深深的怅惘数说着它的一切往昔的事物的阿索林，在他的那本百读不厌的小书《加斯谛拉》中，把西班牙的历史缩成了三幅动人的画图——十六世纪的、十九世纪的和现代的——，现在，我们展开这最后一幅画图来吧：

……那边，在地平线的尽头，那些映现在澄澈的天宇上的山岗，好像已经被一把刀所砍断了。一道深深的挺直的蟆隙穿过了它们；从这蟆隙间，在地上，两条又长又光亮的平行的铁条穿了出来，节节地越过了整个原野。立刻，在那些山岗的断处，显现出了一个小黑点：它动着，急骤地前进，一边在天上遗留下一长条的烟。它已来到平原上了。现在，我们看见一个奇特的铁车和它的喷出一道浓烟来的烟突，而在它的后面，我们看见了一

列开着小窗的黑色的箱子，从那些小窗间，我们可以辨出许多
男子的和妇女的脸儿来，每天早晨，这个铁车和它的那些黑色
的箱子在远方现出来；它散播着一道道的烟，发着尖锐的啸声，
急骤得使人目眩地奔跑着而进城市的一个近郊去……

铁路是在哪一种姿态之下在那古旧的西班牙出现，我们已可
以在这幅画图中清楚地看到了。

的确，看见机关车的浓烟染黑了他们的光辉的和朦朦的风
景，喧嚣的车声打破了他们的恬静，单调的铁轨毁坏了他们的山
川的柔和或刚强的线条，西班牙人是怀着深深的遗憾的。西班牙
的一切，从峻嶒的比雷奈山起一直到那伽尔陀思（Galed 6 s）所
谓"逐出外国的侵犯"的那种发着辛烈的臭味的煎油为止，都是
抵抗着那现代文明的闯入的。所以，那"铁的生客"的出现，比
在欧美各国都要迟一点，西班牙最早的几条铁路，从巴塞洛拿
（Barcelona）到马达罗（Matar 6）那条是在一八四八年建立的，
从马德里到阿朗胡爱斯的那条更迟四年，是在一八五一年才筑
成。而在建筑铁路之前，又是经过多少的困难和周折啊。

在一八三〇年，西班牙人已知道什么是铁路了。马尔赛里
诺·加莱罗（Marcelino Calero）在一八三〇年出版了他的那本在
英国印刷的，建筑一个从边境的海雷斯到圣玛丽港的铁路的计划
书。在这本计划书后面，还附着一张地图和一幅插绘，是出自
"拉蒙·赛沙·德·龚谛手笔"的。插绘上画着一列火车，喷着黑
烟，驰行在海滨，而在海上，却航行着一只有着又高又细的烟筒
的汽船。这插绘是有点幼稚的，然而它却至少带了一些火车的概

念来给当时的西班牙人。加莱罗的这个计划没有实现，那是当然的事，然而在那些喜欢新的事物的人们间，火车便常被提到了。

七年之后，在一八三七年，季崖尔莫·罗佩（Guillermo Lobè）作了一次旅行，从古巴到美国，从美国又到欧洲。而在一八三九年，他在纽约出版了他的那部《在美国，法国和英国的旅行中给我的孩子们的书翰》。罗佩曾在美国和欧洲研究铁路，而在他的信上，铁路是常常讲到的。他希望西班牙全国都布满了铁路，然而他的愿望也没有很快地实现。以后，文人学士的关于铁路的记载渐渐地多起来了。在一八四一年美索奈罗·洛马诺思（Mesonero Romanos）发表了他的《法比旅行回忆记》；次年，莫代思多·拉福安德（Modesto Lauyente）发表了他的《修士海龙第奥的旅行记》第二卷。这两部游记中对于铁路都有详细的叙述，而尤以后者为更精密而有系统。这两位游记的作者都一致地公认火车旅行的诗意（这是我们所难以领略的）。美索奈罗在他的记游文中描写着铁路的诗意的各方面，在白昼的或在黑夜的。而拉福安德也沉醉于车行中所见的光景。他写着："这是一幅绝世的惊人的画图；而在暗黑的深夜中看起来，那便千倍的格外有趣味，格外有诗意。"

然而，就在这一八四二年的三月十四日，当元老院开会议论开筑一条从邦泊洛拿经巴斯当谷通到法兰西去的普通官路的时候，那元老议员却说："我的意见是，我们永远无论如何也不应该弄平了比雷奈山；反之，我们应该在原来的比雷奈山上，再加上一重比雷奈山。"多少的西班牙人会同意于这个意见啊！

在一八四四年，西班牙著名的数学家玛里阿诺·伐烈何

（Mriano Vallejo）出版了一本题名为《铁路的新建筑》的书。这位数学家是一位折中主义者。他愿望旅行运输的便利，但他也好像不大愿意机关车的黑烟污了西班牙的青天，不大愿意它的尖锐的汽笛声冲破了西班牙的原野的平静。我们的这位伐烈何主张仍旧用牲口去牵车子，只不过那车子是在铁轨上滑行着罢了。可是，这个计划也还是没有被采用。

从一八四五年起，西班牙筑铁路的计划渐次地具体化了。报纸上继续地论着铁路的利益，资本家踊跃地想投资，而一批一批的铁路专家技师，又被从国外聘请来。一八四五年五月三十日，马德里的《传声报》记载着阿维拉、莱洪、马德里铁路企业公司的主持者之一华尔麦思来（Sir J. Walmsley）抵京进行开筑铁路的消息；六月二十二日，马德里的《日报》上载着五位英国技师经过伐拉道里兹，测量从比尔鲍到马德里的铁路路线的消息；七月三日，《传声报》又公布了筑造法兰西西班牙铁路的计划，并说一个英国工程师的委员会，也已制成了路线的草案并把关于筑路的一切都筹划好了；而在九月十八日的《日报》上，我们又可以看到工程师勃鲁麦尔（Brumell）和西班牙北方皇家铁路公司的一行技师的到来。以后，这一类的消息还是不绝如缕，然而这些计划的实现却还需要许多岁月，还要经过十年，十五年，二十年。一八四八年巴塞洛拿和马达罗之间的铁路，一八五一年马德里和阿朗胡爱斯之间的铁路，只能算是一种好奇心的满足而已。

从这些看来，我们可以见到这"铁的生客"在西班牙是遇到了多么冷漠的款待，多么顽强的抵抗。那些生野的西班牙人宁可让自己深闭在他们的家园里（真的，西班牙是一个大园林），亲切地，沉默地看着那些熟稔的花开出来又凋谢，看着那些祖先所抚摩过的遗物渐渐地涂上了岁月的色泽；而对于一切不速之客，他们都怀着一种隐隐的憎恨。

现在，在我面前的这条从法兰西西班牙的边境到马德里去的铁路，是什么时候完成的呢？这个文献我一时找不到。我所知道的是，一直到一八六〇年为止，这条路线还没有完工。一八五九年，阿尔都罗·马尔高阿尔都（Arturo Marcoart ú）在他替《一八六〇闰年"伊倍里亚"政治文艺年鉴》所写的那篇关于铁路的文章中，这样地告诉我们：在一八五九年终，北方铁路公司已有六五〇基罗米突的铁路正在筑造中；没有动工的尚有七十三基罗米突。

在我前面，两条平行的铁轨在清晨的太阳下闪着光，一直延伸出去，然后在天涯消隐了。现在，西班牙已不再拒绝这"铁的生客"了。它翻过了西班牙的重重的山峦，驰过了它的广阔的平原，跨过它的潺溪的溪涧，湛湛的江河，披拂着它的晓雾暮霭，掠过它的松树的针，白杨的叶，橙树的花，喷着浓厚的黑烟，发着刺耳的汽笛声，隆隆的车轮声，每日地，在整个西班牙骤急地驰骋着了。沉在梦想中的西班牙人，你们感到有点轻微的怅惘吗，你们感到有点轻微的惋惜吗？

而我，一个东方古国的梦想者，我就要跟着这"铁的生客"，怀着进香者一般虔诚的心，到这梦想的国土中来巡礼了。生野的西班牙人，生野的西班牙土地，不要对我有什么顾虑吧。我只不过来谦卑地，小心地，静默地分一点你们的太阳，你们的梦，你们的怅惘和你们的惋惜而已。

（载一九三六年三月二十五日《新中华》第四卷第六期）

记诗人许拜维艾尔

　　二十年前还是默默无闻的许拜维艾尔，现在已渐渐地超过了他的显赫一时的同代人，升到巴尔拿斯的最高峰上了。和高克多（Cocteau），约可伯（Jacob），达达主义者们，超现实主义者们等相反，他的上升是舒徐的，不喧哗的，无中止的，少波折的。他继续地升上去，像一只飞到青空中去的云雀一样，像一只云雀一样地，他渐渐地使大地和太空都应响着他的声音。

　　现代的诗人多少是诗的理论家，而他们的诗呢，符合这些理论的例子。爱略特（T. S. Eliot）如是，耶芝（W. B. Yeats）如是，马里奈谛（Marinetti）如是，玛牙可夫斯基（Mayakovsky）如是，瓦雷里（Valéry）亦未尝不如是。他们并不把诗作为他们最后的目的，却自己制就了樊笼，而把自己幽囚起来。许拜维艾尔是那能摆脱这种苦痛的劳役的少数人之一，他不倡理论，不树派别，却用那南美洲大草原的青色所赋予他，大西洋海底珊瑚所赋予他，喧嚣的"沉默"，微语的星和驯熟的夜所赋予他的辽远，

沉着而熟稔的音调，向生者，死者，大地，宇宙，生物，无生物
吟哦。如果我们相信诗人是天生的话，那么他就是其中之一。

　　一九三五年，当春天还没有抛开了它的风，寒冷和雨的大氅
的时候，我又回到了古旧的巴黎。一个机缘呈到了我面前，使我
能在踏上归途之前和这位给了我许多新的欢乐的诗人把晤了一次
（我得感谢那位把自己一生献给上帝以及诗的 Abbé Duperray）。

　　诗人是住在处于巴黎的边缘的拉纳大街（Boulevard Lannes）
上，在蒲洛涅林（Boisde Boulogne）附近。在一个阴暗的傍晚，
我到了那里。在那清静而少人迹的街道上行着找寻诗人之家的时
候，我想起了他的诗句：

有着岁月前来闻嗅的你的石建筑物，
拉纳大街，你在天的中央干什么？
你是那么的远离开巴黎的太阳和它的月亮，
竟至街灯不知道它应该灭呢还应该明，
竟至那送牛乳的女子自问，
那是否真是屋子，凸出着真正的露台，
那在她手指边叮当响着的，是牛乳瓶呢还是世界。

　　找到了拉纳大街四十七号的时候，天已开始微雨了，我走到
一所大厦的门边，我按铃。铃声清晰地在空敞的门轩中响了好一
些时候。一个男子慢慢地走了出来。

　　“诗人许拜维艾尔先生住在这里吗？”我问。

"在二楼，要我领你去吗？"

"不必，我自己上去就是了。"

我在一扇门前站住。第二次，铃声又响了。这次，来给我开门的是一个女仆，她用惊讶的眼睛望着我，好像这诗人之居的恬静，是很少有异国的访客来搅扰的。

"许拜维艾尔在家吗？"我问。

"在家。您有名片吗？"

她接了我的名片，关了门，领我到一间客厅里，然后去通报诗人。

我在一张大圈椅上坐下来，开始对于这已经是诗人的一部分的客厅，投了短促的一瞥。古旧的家具，先人的肖像，紫檀的镂花中国屏风，厚厚的地毯：这些都是一个普通的法国人家所应有尽有的，然而一想到这些都是兴感诗人，走进他的生活中去，而作着他的诗的卑微然而重要的元行的时候，这些便都披上了一层异样的光泽了。但是那女仆出来了，她对我说她的主人很愿意见我，虽然他在患牙痛。接着，在开门的声音中，许拜维艾尔已经在门框间现身出来了。

这是一位高大的人，瘦瘦的身体，长长的脸儿，宽阔的前额，和眼睛很接近的浓眉毛，从鼻子的两翼出发下垂到嘴角边的深深的皱槽。虽则已到了五十以上的年龄，但是我们的诗人还显得很年轻，特别是他的那双奕奕有光的眼睛。有许多人是不大感到年岁的重负的，诗人也就是这一类人之一，虽然他不得不在心头时时重整精力，去用他的鲜血给"时间的群马"解渴。

"欢迎你！"这是诗人的第一声，"我们昨天刚听到念你的诗，想不到今天就看到了你。"

当我开始对他说我对于他的景仰，向他道歉我打搅他等等的时候，"不要说这些，"他说，"请到我书房里去坐吧，那里人们感到更不生疏一点。"于是他便开大了门，让我走到隔壁他的书房里去。

任何都不能使许拜维艾尔惊奇，我的访问也不。他和一切东西默契着：和星，和树，和海，和石，和海底的鱼，和墓里的死者。就在相遇的一瞬间，许拜维艾尔已和我成为很熟稔的了，好像我们曾在什么地方相识过一样，好像有什么东西曾把我们系在一起过一样。

我在一张沙发上坐下来，舒适地，像在我自己家中一样。而他，在横身在一张长榻上之后，便用他的好像是记忆中的声音开始说话了：

"是的，我昨晚才听到念你的诗。它们带来了一个新的愉快给我，我向你忏白，我不能有像你的《答客问》那样澄明静止的心。我闭在我的世界中，我不能忘情于它的一切。"

的确，这"无罪的囚徒"并不是一位出世主义者，虽然他竭力摆脱自己，摆脱自己的心。他所需要的是一个更广大深厚得多的世界，包涵日，月，星辰，太空的无空间限制的世界，混合过去、现在与未来的无时间限制的世界；在那里，没有死者和生者的区别，一切东西都是有生命有灵魂的生物。

"我相信能够了解你，"我说，"如果你能够恕我的僭越的话，我可以向你提起你的那首《一头灰色的中国牛》吗？遥远地处于东西两个极端的生物，是有着它们不同的性格，那是当然的，正如乌拉圭的牛沉醉于 Pampa 的太阳和青空，而中国的牛行于青青的稻田中一样，但是却有一种就是心灵也难以把握得住的东西，使它们默契，把它们联在一起，这东西，我想就是'诗'。"

"这倒是真的，"诗人微笑着说，眼睛发着光，"我们总好像觉得自己是孤独地生活着，被关在一个窄狭到有时几乎不能喘息的范围里，因而我们便不得不常常想到这湫隘的囚牢以外的世界，以及这世界以外的宇宙……"诗人似乎在沉思了；接着，他突然说：“想不到你对于我的诗那么熟悉。你觉得它怎样，这首《一头灰色的中国牛》？这是我比较满意的诗中的一首。”

"它启发了我对于你的认识，并使我去更清楚地了解你。"

因为说到中国，许拜维艾尔便和我谈起中国来了。他说他曾经历过许多国土，不过他至今引以为遗憾的，便是他尚未到过中国。他说他的友人昂利·米书（Henry Michaux）曾到过中国，写过一本关于中国的书，对他盛称中国之美，说那自认为最文明的欧洲人，在亚洲只是一个野蛮人而已。我没有读过米书的作品，所以也没有和许拜维艾尔多说下去。可是他却兴奋了起来，好像立时要补偿他的憾恨似的，向我询问起旅行中国的问题来，如旅程要多少日子，旅费大概要多少，入境要经过什么手续，生活程度如何，语言的隔膜如何打破等等。而在从我这里得到一个相当的解决之后，他下着这样的结论：

"我总得到中国去一次。"于是他好像又沉思起来了。

　　我趁空把这书室打量了一下。那是一间长方形的房间，书架上排列着诗人所爱读的书，书案是在近窗的地方，而在案头，我看见一本新出的 Mesures。窗扉都关闭了，不能望见窗外的远景，而在电灯光下，壁上的名画便格外烘托出来了；在这里面，我辨出了马谛思（Matisse），塞公沙克（D. de Segonzac），比加索（Picasso）等法国当代画伯的作品。我们是在房间的后部，在那里，散放着几张沙发，一两张小几和一张长榻，而我们的诗人便倚在这靠壁的长榻上；榻旁的小几上放着几张白纸，大概是记录诗人的灵感的。

　　诗人站了起来，在房里走了几步，于是：

　　"你最爱哪几位法国诗人？"他这样问我。

　　"这很难说，"我回答，"或许是韩波（Rimbaud）和罗特亥阿蒙（Lautré amont）；在当代人之间呢，我从前喜欢过耶麦（Jammes），福尔（Paul Fort），高克多（Cocteau），雷佛尔第（Reverdy），现在呢，我已把我的偏好移到你和爱吕阿尔（Eluard）身上了。你瞧，这样的驳杂！"

　　听我数说完了这些名字的时候，许拜维艾尔认真地说：

　　"这也很自然的。除了少数一二人以外，我的趣味也差不多和你相同。福尔先生是我尤其感激的，我最初的诗集还是他给我写的序文呢。而罗特亥阿蒙！想不到罗特亥阿蒙也是你所爱好的诗人！那么拉福尔格（Laforguo）呢？"

　　我们要晓得，拉福尔格和罗特亥阿蒙都是颇有影响于许拜维艾尔的，像他们一样，他是出生于乌拉圭国的蒙德维艾陀

（Monteviedo）的，像他们一样，他的祖先是比雷奈山乡人，像他们一样，他是法国诗人。

在《引力集》中，我们可以看到下面的诗句：

不论在什么地方我都掘着地，希望你会从地下出来，

我用肘子推开房屋和森林，去看你在不在后面，

我会整夜地大开着门窗等着你，

面前放着两杯酒，而不愿去沾一沾口。

但是，罗特亥阿蒙，

你却不来。

"拉福尔格吗？"我说，"可惜我没有多读他的作品，还在我记忆中保存着的，只《来临的冬天》（Lhiverquivient）等数首而已。"接着，我便对他说起他新近出版的诗集《不相识的朋友们》（Les Amis Inconnus）：

"我最近读了你的诗集《不相识的朋友们》。"

"是吗？你已经买了吗？我应该送你一册的，可惜我现在手头只剩一本了。你读了吗，你的感想怎样？"

我没有直接回答他，却向他念了一节《不相识的朋友们》中的诗句：

我将来的弟兄们，你们有一天会说，

一位诗人取了我们日常的言语，

用一种无限地更悲哀而稍不残忍一点的

新的悲哀去，驱逐他的悲哀……

在他的瘦长的脸上，又浮上了一片微笑，一片会心的微笑，

一边出神地凝视着我。沉默降了下来。

在沉默中，我听到了六下钟声。我来了已有一个多钟头了，我应该走了。我站了起来："对不起，我忘记了你牙痛了，我不该再搅扰你，我应该走了。"

"啊！连我自己也忘了牙痛，我还忘了我已约定牙医的时间了，我们都觉得互相有许多话要说。你住在巴黎吗？我们可以约一个时间再谈，你什么时候有空吗？"

"我明天就要离开巴黎，"我说，"而且不久就要离开法国了。"

"是吗？"他惊愕地说，"那么我们这次最初的见面也许就是最后一次了。"

"我希望我能够再到法国来，或你能够实现你的中国旅行。"

"希望如此吧。不错，我不能这样就让你走的，请你等一等。"他说着就走到后面的房间中去。一会儿，他带了一本书出来：

"这是我的第三本诗集《码头》（Debarcaderes），现在已经绝版，在市上找不到的了，请你收了做个纪念吧！"接着他便取出笔来，在题页上写了这几个字：给诗人戴望舒作为我们初次把晤的纪念。茹勒·许拜维艾尔谨赠。

当我一边称谢一边向他告别的时候，他说：

"等一等，我们一道出去吧。我得去找牙医。我们还可以在路上谈一会儿。"

他进去了，我隐隐听见他和家人谈话的声音，接着他便带了大氅雨伞出来，因为外面在下雨。向这诗人的书斋投射了最后一眼，我便走出了。诗人给我开了门，让我走在前面，他在后面跟着。

"你没有带伞吗？"在楼梯上他对我说，"天在下雨。不要紧，你乘地道车回去吗？我也乘地道车，我可以送你到那里。你不会淋湿的。"

到了大门口，他把伞张开了。天在下着密密的细雨，而且斜风吹着。于是，在这斜风细雨中，在淋湿的铺道上，在他的伞下面，我们开始行着了。

"你近来有新作吗？"我问。

"我在写一部戏曲，写成了大约交给茹佛（Louis Jouvet）去演。说起，你看过我的《林中美人》（La Belleau Bois）吗？"

"那简直可以说是一首绝好的诗。而比多艾夫夫妇（Ludmillaet Georges Pitoff）的演技，那真是一个奇迹！可惜我没有机会再看一遍了。"

我想起了他的诗作的西班牙文选译集：

"我在西班牙的时候读到你的诗的西班牙译本。如果没有读过你的诗的话，人们一定会当你作一个当代西班牙大诗人呢。的确，在有些地方，你是和西班牙现代诗人有着共同之点的，是吗？"

"约翰·加梭（Jean Cassou）也这样说过。这也是可能的事，有许多关系把我和西班牙连联在一起。那些西班牙现代的新诗人们，加尔西亚·洛尔迦（Garcia Lorca），阿尔倍谛（Alberti），沙里纳思（Salinas），季兰（Guillen），阿尔陀拉季雷（Altoaguirre），都是我的很好的朋友。说起，你也常读这些西班牙诗人的诗吗？"

"我所爱的西班牙现代诗人是洛尔迦和沙里纳思。"

我们转了一个弯，经过了一个小方场，夹着雨的风打到我们的脸上来。许拜维艾尔把伞放低了一些。

"我很想选你一些诗译成中国文，"沉默了一些时候之后我对他说，"你可以告诉我你自己爱好的是哪几首吗？"

"唔，让我想想看。"他接着就沉浸在思索中了。

地道车站到了。当我们默不作声地走下地道去的时候，许拜维艾尔对我说："你身边有纸吗？"

我从衣袋里取出一张纸给他。他接了纸，取出自来水笔。于是，靠着一个冷清清的报摊，他便把他自己所选的几首诗的诗题写了给我。而当我向他称谢的时候：

"总之，你自己看吧。"他说。

我们走进站去，车立刻就到了。上了拥挤的地道车后，我们都好像被一种窒息的空气以外的东西所封锁住喉咙。我们都缄默着。

toile 站快到了，我不得不换车回我的居所去。我向诗人握手告别。

"希望我们能够再见吧！"许拜维艾尔紧紧地握着我的手说。

我匆匆地下了车，茫然在月台上站立着。

车隆隆地响着，又开了，载着那还在向我招手的诗人许拜维艾尔，穿到暗黑的隧道中去。

（载一九三六年十月《新诗》第一卷第一期）

都德的一个故居

凡是读过阿尔封思·都德（Alphonse Daudet）的那些使人心醉的短篇小说和《小物件》的人，大概总记得他记叙儿时在里昂的生活的那几页吧。（按：《小物件》原名 Le Petit Chose，觉得还是译作《小东西》妥当。）

都德的家乡本来是尼麦，因为他父亲做生意失败了，才举家迁移到里昂去。他们之所以选了里昂，无疑因为它是法国第二大名城，对于重兴家业是很有希望的。所以，在一八四九年，那父亲万桑·都德（Vincent Daudet）便带着他的一家子，那就是说他的妻子，他的三个儿子，他的女儿阿娜，和那就是没有工钱也愿意跟着老东家的忠心的女仆阿奴，从尼麦搭船顺着罗纳河来到了里昂。这段路竟走了三天。在《小物件》中，我们可以看见他们到里昂时的情景：

在第三天傍晚，我以为我们要淋一阵雨了，天突然阴暗起来，一片浓浓的雾在河上飘舞着。在船头上，已点起了一盏大灯，真的：看到这些兆头，我着急起来了……在这个时候，有人在我旁边说："里昂到了！"同时，那个大钟敲了起来。这就是里昂。

里昂是多雾出名的，一年四季晴朗的日子少，阴霾的日子多，尤其是入冬以后，差不多就终日在黑沉沉的冷雾里度生活，一开窗雾就往屋子里扑，一出门雾就朝鼻子里钻，使人好像要窒息似的。在《小物件》里，我们可以看到都德这样说：

我记得那罩着一层烟煤的天，从两条河上升起来的一片永恒的雾。天并不下雨，它下着雾，而在一种软软的氛围气中，墙壁淌着眼泪，地上出着水，楼梯的扶手摸上去发黏。居民的神色，态度，语言，都觉到空气潮湿的意味。

一到了这个雾城之后，都德一家就住到拉封路去。这是一条狭小的路，离罗纳河不远，就在市政厅西面。我曾经花了不少的时间去找，问别人也不知道，说出是都德的故居也摇头。谁知竟是一条阴暗的陋巷，还是自己瞎撞撞到的。

那是一排很俗气的屋子，因为街道狭的原故，里面暗是不用说，路是石块铺的，高低不平，加之里昂那种天气，晴天也像下雨，一步一滑，走起来很吃劲。找到了那个门口，以为会柳暗花明又一村，却仍然是那股俗气：一扇死板板的门，虚掩着，窗子上倒加了铁栅，黝黑的墙壁淌着泪水，像都德所说的一样，伸出手去摸门，居然是发黏的。这就是都德的一个故居！而他们竟在这里住了三年。

这就是《小物件》里所说的"偷油婆婆"（Babarotte）的屋子。所谓"偷油婆婆"者，是一种跟蟑螂类似的虫，大概出现在厨房里，而在这所屋里它们四处地爬。我们看都德怎样说吧：

在拉封路的那所屋子里，当那女仆阿奴安顿到她的厨房里的时候，一跨进门槛就发了一声急喊："偷油婆婆！偷油婆！"我们赶过去。怎样的一种光景啊！厨房里满是那些坏虫子。在碗橱上，墙上，抽屉里，在壁炉架上，在食橱上，什么地方都有！我们不存心地踏死它们。噗！阿奴已经弄死了许多只了，可是她越是弄死它们，它们越是来。它们从洗碟盆的洞里来。我们把洞塞住了，可是第二天早上，它们又从别一个地方来了……

而现在这个"偷油婆婆"的屋子就在我面前了。

在这"偷油婆婆"的屋子里，都德一家六口，再加上一个女仆阿奴，从一八四九年一直住到一八五一年。在一八五一年的户口调查表上，我们看到都德的家况：

万桑·都德，业布匹印花，四十三岁；阿黛琳·雷诺，都德妻，四十四岁；葛奈思特·都德，学生，十四岁；阿尔封思·都德，学生，十一岁；阿娜·都德，幼女，三岁；昂利·都德，学生，十九岁。

昂利是要做教士的，他不久就到阿里克斯的神学校读书去了。他是早年就夭折了的。在《小物件》中，你们大概总还记得写这神学校生徒的死的那动人的一章吧：“他死了，替他祷告吧。”

在那张户口调查表上，在都德家属以外，还有这那么怕“偷油婆婆”的女仆阿奴：“阿奈特·特兰盖，女仆，三十三岁。”

万桑·都德便在拉封路上又重理起他的旧业来，可是生活却很困难，不得不节衣缩食，用尽方法减省。阿尔封思被送到圣别尔代戴罗的唱歌学校去，葛奈斯特在里昂中学里读书，不久阿尔封思也改进了这个学校。后来阿尔封思得到了奖学金，读得毕业，而那做哥哥的葛奈思特，却不得不因为家境困难的关系，辍学去帮助父亲挣那一份家。关于这些，《小物件》中自然没有，可是在葛奈思特·都德的一本回忆记《我的弟弟和我》中，却记载得很详细。

现在，我是来到这消磨了那《磨坊文札》的作者一部分的童年的所谓“偷油婆婆”的屋子前面了。门是虚掩着。我轻轻地叩了两下，没有人答应。我退后一步，抬起头来，向靠街的楼窗望上去：窗闭着，我看见静静的窗帷，白色的和淡青色的。而在大门上面和二层楼的窗下，我又看到了一块石头的牌子，它告诉我这位那么优秀的作家曾在这儿住过，像我所知道的一样。我又走上前面叩门，这一次是重一点了，但还是没有人答应。我伫立着，等待什么人出来。

我听到里面有轻微的脚步声慢慢地近来，一直到我的面前。虚掩着的门开了，但只是一半；从那里，探出了一个老妇人的皱瘪的脸儿来，先把我从头到脚打量了一番：

“先生，你找谁？”她然后这样问。

我告诉她我并不找什么人，却是想来参观一下一位小说家的旧居。那位小说家就是阿尔封思·都德，在八十多年前，曾在这

里的四层楼上住过。

"什么，你来看一位在八十多年前住在这儿的人！"她怀疑地望着我。

"我的意思是说想看看这位小说家住过的地方。譬如说你老人家从前住在一个什么城里，现在经过这个城，去看看你从前住过的地方怎样了。我呢，我读过这位小说家的书，知道他在这里住过，顺便来看看，就是这个意思。"

"你说哪一个小说家？"

"阿尔封思·都德。"我说。

"不知道。你说他从前住在这里的四层楼上？"

"正是，我可以去看看吗？"

"这办不到，先生，"她断然地说，"那里有人住着，是盖奈先生。再说你也看不到什么，那是很普通的几间屋子。"

而正当我要开口的时候，她又打量了我一眼，说：

"对不起，先生，再见。"就缩进头去，把门关上了。

我踌躇了一会儿，又摸了一下发黏的门，望了一眼门顶上的石牌，想着里昂人的纪念这位大小说家只有这一片顽石，不觉有点怅惘，打算走了。

可是在这时候，天突然阴暗起来，我急速向南靠罗纳河那面走出这条路去：天并不下雨，它又在那里下雾了，而在罗纳河上，我看见一片浓浓的雾飘舞着，像在一八四九年那幼小的阿尔封思·都德初到里昂的时候一样。

（载一九三八年三月《宇宙风》第六十二期）

记马德里的书市

无匹的散文家阿索林，曾经在一篇短文中，将法国的书店和西班牙的书店，作了一个比较。他说：

在法兰西，差不多一切书店都可以自由地进去，行人可以披览书籍而并不引起书贾的不安；书贾很明白，书籍的爱好者不必常常要购买，而他之走进书店去，目的也并不是为了买书；可是，在翻阅之下，偶然有一部书引起了他的兴趣，他就买了它去。在西班牙呢，那些书店都是像神圣的圣体龛子那样严封密闭着，而一个陌生人走进书店里去，摩娑书籍，翻阅一会儿，然后又从来路而去这等的事，那简直是荒诞不经，闻所未闻的。

阿索林对于他本国书店的批评，未免过分严格一点。法国的书店也尽有严封密闭着，像右岸大街的一些书店那样，而马德里

的书店之可以进出无人过问翻看随你的，却也不在少数。如果阿索林先生愿意，我是很可以举出两地的书店的名称来作证的。

公正地说，法国的书贾对于顾客的心理研究得更深切一点。他们知道，常常来翻翻看看的人，临了总会买一两本回去的；如果这次不买，那么也许是因为他对于那本书的作者还陌生，也许他觉得那版本不够好，也许他身边没有带够钱，也许他根本只是到书店来消磨一刻空闲的时间。而对于这些人，最好的办法是不理不睬，由他翻看一个饱。如果殷勤招待，问长问短，那就反而招致他们的麻烦，因而以后就不敢常常来了。

的确，我们走进一家书店去，并不像那些学期开始时抄好书单的学生一样，先有了成见要买什么书的。我们看看某个或某个作家是不是有新书出版；我们看看那已在报上刊出广告来的某一本书，内容是否和书评符合；我们把某一部书的版本，和我们已有的同一部书的版本作一比较；或仅仅是我们约了一位朋友在三点钟会面，而现在只是两点半。走进一家书店去，在我们就像别的人们踏进一家咖啡店一样，其目的并不在喝一杯苦水也。因此我们最怕主人的殷勤。第一，他分散了你的注意力，使你不得不想出话去应付他；其次，他会使你警悟到一种歉意，觉得这样非买一部书不可。这样，你全部的闲情逸致就给他们一扫而尽了。你感到受人注意着，监视着，感到担着一重义务，负着一笔必须偿付的债了。

西班牙的书店之所以受阿索林的责备，其原因就是他们不明顾客的心理。他们大都是过分殷勤讨好。他们的态度是没有恶意的，然而对于顾客所发生的效果，却适得其反。记得一九三四年在马德里的时候，一天闲着没事，到最大的"爱斯巴沙加尔贝书店"去浏览，一进门就受到殷勤的店员招待，陪着走来走去，问长问短，介绍这部，推荐那部，不但不给一点空闲，连自由也没有了。自然不好意思不买，结果选购了一本廉价的奥尔德加伊加赛德的小书，满身不舒服地辞了出来。自此以后，就不敢再踏进门槛去了。

在"文艺复兴书店"也遇到类似的情形，可是那次却是硬着头皮一本也不买走出来的。而在马德里我买书最多的地方，却反而是对于主顾并不殷勤招待的圣倍拿陀大街的"迦尔西亚书店"，王子街的"倍尔特朗书店"，特别是"书市"。

"书市"是在农工商部对面的小路沿墙一带。从太阳门出发，经过加雷达思街，沿着阿多恰街走过去，走到南火车站附近，在左面，我们碰到了那农工商部，而在这黑黝黝的建筑的对面小路口，我们就看到了几个黑墨写着的字：La Feria de los Libros，那意思就是"书市"。在往时，据说这传统书市是在农工商部对面的那一条宽阔的林阴道上的，而我在马德里的时候，它却的确移到小路上去了。

这传统的书市是在每年的九月下旬开始，十月底结束的。在这些秋高气爽的日子，到书市中去漫走一下，寻寻，翻翻，看看那古旧的书，褪了色的版画，各色各样的印刷品，大概也可以算是人生的一乐吧。书市的规模并不大，一列木板盖搭的，肮脏，零乱的小屋，一共有十来间。其中也有一两家兼卖古董的，但到底卖书的还是占着极大的多数。而使人更感到可喜的，便是我们可以随便翻看那些书而不必负起任何购买的义务。

新出版的诗文集和小说，是和羊皮或小牛皮封面的古本杂放在一起。当你看见圣女戴蕾沙的《居室》和共产主义诗人阿尔倍谛的诗集对立着，古代法典《七部》和《马德里卖淫业调查》并排着的时候，你一定会失笑吧。然而那迷人之处，却正存在于这种杂乱和漫不经心之处。把书籍分门别类，排列得整整齐齐，固然能叫人一目了然，但是这种安排却会使人望而却步，因为这样就使人不敢随便抽看，怕捣乱了人家固有的秩序；如果本来就是这样乱七八糟的，我们就百无禁忌了。再说，旧书店的妙处就在其杂乱，杂乱而后见繁复，繁复然后生趣味。如果你能够从这一大堆的混乱之中发现一部正是你踏破铁鞋无觅处的书来，那是怎样大的喜悦啊！

书价低廉是那里的最大的长处。书店要卖七个以至十个贝色达的新书，那里出两三个贝色达就可以携归了。寒斋的阿耶拉全集，阿索林，乌拿莫诺，巴罗哈，瓦利英克朗，米罗等现代作家的小说和散文集，洛尔迦、阿尔倍谛，季兰，沙里纳思等当代诗人的诗集，珍贵的小杂志，都是从那里陆续购得的。我现在也还记得那第三间小木舍的被人叫做华尼多大叔的须眉皆白的店主。我记得他，因为他的书籍的丰富，他的态度的和易，特别是因为那个坐在书城中，把青春的新鲜和故纸的古老成着奇特的对比的，张着青色忧悒的大眼睛望着远方的云树的，他的美丽的孙女儿。

　　我在马德里的大部分闲暇时间，甚至在革命发生，街头枪声四起，铁骑纵横的时候，也都是在那书市的故纸堆里消磨了的。在傍晚，听着南火车站的汽笛声，踏着疲倦的步子，臂间挟着厚厚的已绝版的赛哈道的《赛房德思辞典》或是薄薄的阿尔多拉季雷的签字本诗集，慢慢地沿着灯光已明的阿多恰大街，越过熙来攘往的太阳门广场，满满地踱回寓所去对灯披览，这种乐趣恐怕是很少有人能够领略的吧。

　　然而十月在不知不觉之中快流尽了。树叶子开始凋零，夹衣在风中也感到微寒了。马德里的残秋是忧郁的，有几天简直不想闲逛了。公寓生活是有趣的，和同寓的大学生聊聊天，和舞姬调调情，就很快地过了几天。接着，有一天你打叠起精神，再踱到书市去，想看看有什么合意的书，或仅仅看看那青色的忧悒的大眼睛。可是，出乎意外地，那些小木屋都已紧闭着了。小路显得更宽敞一点，更清冷一点，南火车站的汽笛声显得更频繁而清晰一点。而在路上，凋零的残叶夹杂着纸片书页，给冷冷的风寂寞地吹了过来，又寂寞地吹了过去。

（载一九四六年十一月《文艺春秋》第三卷第五期）

巴黎的书摊

　　在滞留巴黎的时候，在羁旅之情中可以算作我的赏心乐事的有两件：一是看画，二是访书。在索居无聊的下午或傍晚，我总是出去，把我迟迟的时间消磨在各画廊中和河沿上的书摊。关于前者，我想在另一篇短文中说及，这里，我只想来谈一谈访书的情趣。

　　其实，说是"访书"，还不如说在河沿上走走或在街头巷尾的各旧书铺进出而已。我没有要觅什么奇书孤本的蓄心，再说，现在已不是在两个铜元一本的木匣里翻出一本 Pâtissier francais 的时候了。我之所以这样做，无非为了自己的癖好，就是摩娑观赏一回空手而返，私心也是很满足的，况且薄暮的赛纳河又是这样地窈窕多姿！

　　我寄寓的地方是 Rue de L`Echaudé，走到赛纳河边的书摊，只须沿着赛纳路步行约摸三分钟就到了。但是我不大抄这近路，这样走的时候，赛纳路上的那些画廊总会把我的脚步牵住的，再说，我有一个从头看到尾的癖，我宁可兜远路顺着约可伯路、大学路一直走到巴克路，然后从巴克路走到王桥头。

赛纳河左岸的书摊，便是从那里开始的，从那里到加路赛尔桥，可以算是书摊的第一个地带，虽然位置在巴黎的贵族的第七区，却一点也找不出冠盖的气味来。在这一地带的书摊，大约可以分这几类：第一是卖廉价的新书的，大都是各书店出清的底货，价钱的确公道，只是要你会还价，例如旧书铺里要卖到五六百法郎的勒纳尔（J. Renard）的《日记》，在那里你只须花二百法郎光景就可以买到，而且是崭新的。我的加棱所译的赛尔房德里的《模范小说》，整批的《欧罗巴杂志丛书》，便都是从那儿买来的。这一类书在别处也有，只是没有这一带集中吧。其次是卖英文书的，这大概和附近的外交部或奥莱昂东站多少有点关系吧。可是这些英文书的买主却并不多，所以花两三个法郎从那些冷清清的摊子里把一本初版本的《万牲园里的一个人》带回寓所去，这种机会，也是常有的。第三是卖地道的古版书的，十七世纪的白羊皮面书，十八世纪饰花的皮脊书等等，都小心地盛在玻璃的书柜里，上了锁，不能任意地翻看，其他价值较次的古书，则杂乱地在木匣中堆积着。对着这一大堆你挨我挤着的古老的东西，真不知道如何下手。这种书摊前比较热闹一点，买书大多数是中年人或老人。这些书摊上的书，如果书摊主是知道值钱的，你便会被他敲了去，如果他不识货，你便占了便宜来。我曾经从那一带的一位很精明的书摊老板手里，花了五个法郎买到一本一七六五年初版本的 Du Laurens 的 Imirce，至今犹有得意之色：

第一因为 Imirce 是一部禁书，其次这价钱实在太便宜也。第四类是卖淫书的，这种书摊在这一带上只有一两个，而所谓淫书者，实际也仅仅是表面的，骨子里并没有什么了不得，大都是现代人的东西，写来骗骗人的。记得靠近王桥的第一家书摊就是这一类的，老板娘是一个四五十岁的虔婆，当我有一回逗留了一下的时候，她就把我当作好主顾而怂恿我买，使我留下极坏的印象，以后就敬而远之了。其实那些地道的"珍秘"的书，如果你不愿出大价钱，还是要费力气角角落落去寻的，我曾在一家犹太人开的破货店里一大堆废书中，翻到过一本原文的 Cleland Fanny Hill，只出了一个法郎买回来，真是意想不到的事。

从加路赛尔桥到新桥，可以算是书摊的第二个地带。在这一带，对面的美术学校和钱币局的影响是显着的。在这里，书摊老板是兼卖板画图片的，有时小小的书摊上挂得满目琳琅，原张的蚀雕，从书本上拆下的插图，戏院的招贴，花卉鸟兽人物的彩图，地图，风景片，大大小小各色俱全，反而把书列居次位了。在这些书摊上，我们是难得碰到什么值得一翻的书的，书都破旧不堪，满是灰尘，而且有一大部分是无用的教科书，展览会和画商拍卖的目录。此外，在这一带我们还可以发现两个专卖旧钱币纹章等而不卖书的摊子，夹在书摊中间，作一个很特别的点缀。这些卖画卖钱币的摊子，我总是望望然而去之的，（记得有一天一位法国朋友拉着我在这些钱币摊子前逗留了长久，他看得津津有味，我却委实十分难受，以后到河沿上走，总不愿和别人一道了。）然而在这一带却也有一两个很好的书摊子。一个摊子是一个老年人摆的，并不是他的书特别比别人丰富，却是他为人特别和气，和他交易，成功的回数居多。我有一本高克多（Coclcau）亲笔签字赠给诗人费尔囊·提华尔（Fernand Divoire）的 Le Grund Ecurt，便是从他那儿以极廉的价钱买来的，而我在加里马尔书店买的高克多亲笔签名赠给诗人法尔格（Fargue）的初版本 Opera，却使我花了七十法郎。但是我相信这是他借给我的，因为书是用蜡纸包封着，他没有拆开来看一看；看见了那献辞的时候，他也许不会这样便宜卖给我。另一个摊子是一个青年人摆的，书的选择颇精，大都是现代作品的初版和善本，所以常常得到我的光顾。我只知道这青年人的名字叫昂德莱，因为他的同行们这样称呼他，人很圆滑，自言和各书店很熟，可以弄得到价廉物美的后门货，如果顾客指定要什么书，他都可以设法。可是我请他弄一部《纪德全集》，他始终没有给我办到。

可以划在第三地带的是从新桥经过圣米式尔场到小桥这一段。这一段是赛纳河左岸书摊中的最繁荣的一段。在这一带，书摊比较都整齐一点，而且方面也多一点，太太们家里没事想到这里来找几本小说消闲，也有；学生们贪便宜想到这里来买教科书参考书，也有；文艺爱好者到这里来寻几本新出版的书，也有；学者们要研究书，藏书家要善本书，猎奇者要珍秘书，都可在这一带获得满意而回。在这一带，书价是要比他处高一些，然而总比到旧书铺里去买便宜。健吾兄觅了长久才在圣米式尔大场的一家旧书店中觅到了一部《龚果尔日记》，花了六百法郎喜欣欣地捧了回去，以为便宜万分，可是在不久之后我就在这一带的一个书摊上发现了同样的一部，而装订却考究得多，索价就只要二百五十法郎，使他悔之不及。可是这种事是可遇而不可求的，跑跑旧书摊的人第一不要抱什么一定的目的，第二要有闲暇有耐心，翻得有劲儿便多翻翻，翻倦了便看看街头熙来攘往的行人，看看旁边赛纳河静静的逝水，否则跑得腿酸汗流，眼花神倦，还是一场没结果回去。话又说远了，还是来说这一带的书摊吧。我说这一带的书较别带为贵，也不是胡说的，例如整套的Echanges 杂志，在第一地带中买只须十五个法郎，这里却一定要二十个，少一个不卖；当时新出版原价是二十四法朗的 Celine 的 Voyage au bout de lanuit，在那里买也非十八法郎不可，竟只等于原价的七五折。这些情形有时会令人生气，可是为了要读，也不得不买回去。价格最高的是靠近圣米式尔场的那两个专卖教科书参考书的摊子。学生们为了要用，也不得不硬了头皮去买，总比买新书便宜点。我从来没有做过这些摊子的主顾，反之他们倒做过我的主顾。因为我用不着的参考书，在穷极无聊的时候总是拿去卖给他们的。这里，我要说一句公平话：他们所给的价钱的确比季倍尔书店高一点。这一带专卖近代善本书的摊子只有一个，在过了圣米式尔场不远快到小桥的地方。摊主是一个不大开口的中年人，价钱也不算顶贵，只是他一开口你就莫想还价，就是答应你还也是相差有限的，所以看着他陈列着的《泊鲁思特全集》，插图的《天方夜谭》全译本，Chirico 插图的阿保里奈尔的Calligrammes，也只好眼红而已。在这一带，诗集似乎比别处多一些，名家的诗集花四五个法郎就可以买一册回去，至于较新一点的诗人的集子，你只要到一法郎或甚至五十生丁的木匣里去找就是了。我的那本仅印百册的 Jean Gris 插图的 Reverdy 的《沉睡的古琴集》，超现实主义诗人 Gui Rosey 的《三十年战争集》等等，便都是从这些廉价的木匣子里翻出来的。还有，我忘记说了，这一带还有一两个专卖乐谱的书铺，只是对于此道我是门外汉，从来没有去领教过罢。

从小桥到须里桥那一段，可以算是河沿书摊的第四地带，也就是最后的地带。从这里起，书摊便渐渐地趋于冷落了。在近小桥的一带，你还可以找到一点你所需要的东西，例如有一个摊子就有大批 N. R. F. 和 Grasset 出版的书，可是那位老板娘讨价却实在太狠，定价十五法郎的书总要讨你十二三个法郎，而且又往往要自以为在行，凡是她心目中的现代大作家，如摩里向克，摩洛阿，爱眉（Ayme）等，就要敲你一笔竹杠，一点也不肯让价；反之，像拉尔波，茹昂陀，拉第该，阿朗等优秀作家的作品，她倒肯廉价卖给你。从小桥一带再走过去，便每况愈下了。起先是虽然没有什么好书，但总还能维持河沿书摊的尊严的摊子，以后呢，卖破旧不堪的通俗小说杂志的也有了，卖陈旧的教料书和一无用处的废纸的也有了，快到须里桥那一带，竟连卖破铜烂铁，旧摆设，假古董的也有了；而那些摊子的主人呢，他们的样子和那在下面赛纳河岸上喝劣酒，钓鱼或睡午觉的街头巡阅使（Clochard），简直就没有什么大两样。到了这个时候，巴黎左岸书摊的气运已经尽了，你的腿也走乏了，你的眼睛也看倦了，如果你袋中尚有余钱，你便可以到圣日尔曼大街口的小咖啡店里去坐一会儿，喝一杯儿热热的浓浓的咖啡，然后把你沿路的收获打开来，预先摩婆一遍，否则如果你已倾了囊，那么你就走上须理桥去，倚着桥栏，俯看那满载着古愁并饱和着圣母祠的钟声的，赛纳河的悠悠的流水，然后在华灯初上之中，闲步缓缓归去，倒也是一个经济而又有诗情的办法。

　　说到这里，我所说的都是赛纳河左岸的书摊，至于右岸的呢，虽则有从新桥到沙德莱场，从沙德莱场到市政厅附近这两段，可是因为传统的关系，因为所处的地位的关系，也因为货色的关系，它们都没有左岸的重要。只在走完了左岸的书摊尚有余兴的时候或从卢佛尔（Louvre）出来的时候，我才顺便去走走，虽然间有所获，如查拉的 Lhomme approximatif 或卢梭（Henri Rousseau）的画集，但这是极其偶然的事；通常，我不是空手而归，便是被那街上的鱼虫花鸟店所吸引了过去。所以，原意去"访书"而结果买了一头红头雀回来，也是有过的事。

再生的波兰

他们在瓦砾之中生长着，以防空洞为家，以咖啡店为办事处，食无定时，穿不称身的旧衣，但是他们却微笑着，骄傲地过着生活。

波兰的生活已慢慢地趋向正常了，但是这个过程却是痛苦的。混乱和破坏便是德国人在五年半的占领之后所留下的遗物。什么东西都必须从头做起。波兰好像是一片殖民的土地，必须要从一片空无所有的地方建立一个新的社会，一个经济秩序和一个政治行政。除此以外，带有一个附加的困难：德国人所播下的仇恨和猜疑的种子，必须连根铲除。

这里是几幅画像。在华沙区中，砖瓦工业已差不多完全破坏了，而华沙却急着需要砖瓦，因为它百分之八十五的房屋都已坍败了。第一件急务是重建砖瓦工业。那些未受损害的西莱细亚区域的工场，在战前每年能够出产七万万块砖瓦。它们可能立刻拿来用，但是困难却在运输上。铁路的货车已毁坏了，残余下多少交通材料尚待调查。政府想用汽车和运货汽车来补充。UNNRA已经开始交货了，而且也答应得更多一点。

百分之六十的波兰面粉厂已变成瓦砾场了。政府感到重建它们的急要，现在已开始帮助它们重建了。在一万二十间面粉厂之中，二千间是由政府直接管理的——这些大都是被赶去了的德国人的产业。其余的面粉厂也由官方代管着，等待主有者来接收。

华沙是战争的最悲剧的城，又是世界上最古怪的城。在它的大街上走着的时候，你除了废墟之外什么也看不到。这座城好像是死去而没有鬼魂出没的；可是从这些废墟之间，却浮现出生活来，一种认真的，工作而吃苦的生活，但却也是一种令人惊奇的快乐的生活。

你看见那些微笑的脸儿，忙碌的人物，跑来跑去的人。交通是十分不方便，少数的几架电车不够符合市民的需要，所以停车站上都排着长长的队伍。

今日华沙的最动人的景象，也许就是废墟之间的咖啡店生活吧。化为一堆瓦砾的大厦，当你在旁边走过的时候，也许会辨认不出来吧。瓦砾已被清除了，十张桌子和四十张椅子，整整齐齐地安排在那往时的大厦的楼下一层的餐室中，门口挂着一块招牌，骄傲地宣称这是"巴黎咖啡店"。顾客们来来去去，侍者侍候他们，生活就回到了那废墟。在今日，这些咖啡店就是复活的华沙的象征。

人们住在地下防空洞，临时搭的房间，或是郊外的避弹屋。这些住所是只适合度夜的，成千成万的人都把他们的日子消磨在咖啡店中。那些咖啡店，有时候是设在一所破坏了的屋子的最低一层，上面临时用木板或是洋铁皮遮盖着；有时设在那在轰炸中神奇地保全了的玻璃顶阳台上；但是大部分的咖啡店，却都是露天的。在那里，人们坐着谈天，讲生意，办公事。他们似乎很快乐，但是如果你听他们谈话，你可以听见他们在那儿抱怨。他们不满意建筑太慢，交通太不方便。

这种临时的咖啡店吸引了各色各样的顾客：贩子们兜售自来水笔和旧衣服，孩子卖报纸，还有一种特别的人物，那就是专卖外国货币的人。什么事情都有变通办法，如果有一件东西是无法弄得到的，只要一说出来，过了一小时你就可以弄到手。和咖啡店作着竞争的，有店铺和摊位。只消在被炮火打得洞穿的墙上钉几块木牌，店铺就开出来了。那些招牌宣告了那些店铺的存在和性质："巴黎理发店"，"整旧如新，立等即有"等等。在另一条街上，在破碎的玻璃后面，几枝花和一块招牌写着"小勃里斯多尔"——原来在旧日的华沙，勃里斯多尔饭店是最大的旅馆。

这便是街头的生活，但是微笑的脸儿却隐藏着无数的忧虑。人民的衣服都穿得很坏；在波兰全国，衣服和皮革都缺乏得很，许多人都穿着几年以前的旧衣服，用不论任何方法去聊以蔽体。有的人则买旧衣服来穿，也不管那些衣服称身不称身，袖短及肘，裤短及膝的，也是常见的了。

在生活的每一部门，都缺乏熟练的人手。医生非常稀少，而人民却急需医药。几年以来，他们都是营养不良而且常常生病。孩子们都缺乏维他命和医药。留在那里的医生都忙得不可开交，他们不得不去和希特勒的饥饿政策和缺乏卫生的后患斗争，然而人民却并不仅仅生活。他们还亲切而骄傲地生活。那最初在华沙行驶的电车都结满了花带。那些并不比摊子大一点的店铺都卖着花。在波兰，差不多已经有三十家戏院开门了，而克格哥交响乐队，也经常奏演了。

报纸、杂志和专门出版物，都渐渐多起来，但是纸张的缺乏却妨碍了出版界的发展。小学和大学都重开了，但是书籍和仪器却十分缺乏。

在波兰，差不多任何东西都是不够供应。物价是高过受薪阶层的购买力。运输的缺乏增加了食品分配的困难，但是工厂和餐室，以及政府机关的食堂，却都竭力弥补这个缺陷。在波兰的经济机构中，是有着那么许多空洞，你刚补好了一个洞，另外五个洞又现出来了。经济的发动机的操纵杆不能操纵自如，于是整部车子就走几码就停下来了。

除了物质的需要之外，还有精神的不安。精确的估计算出，从一九三九年起，波兰死亡的总数有六百万人。现在还有成千成万的人，都还不知道自己的家属的存亡和命运。幸而人民的精神拯救了这个现状。他们泰然微笑地穿着他们不称身的衣服，吃着他们的不规则的饭食，忍受着物品的缺乏和运输的迟缓。他们已下了决心，要使波兰重新生活起来。

（载一九四六年三月十五日《新生日报·生趣》）

航海日记

（戴望舒于一九三二年十月乘"达特安"号邮轮赴法游学，在海上航行一个月，期间写下了一本日记，编者根据手稿收入本书。）

"Journal Sentimental"
Excuse mo í ， Jel' ailu,
（jelatroure dans da table
cammune， grabd hasars ！）
je l' inlitrule ainsi， tu
serais contene.

一九三二年十月八日

今天终于要走了。早上六点钟就醒来。绛年很伤心。我们互相要说的话实在太多了，但是结果除了互相安慰之外，竟没有说

了什么话。我真想哭一回。

从振华到码头。送行者有施老伯，蛰存，杜衡，时英，秋原夫妇，呐鸥，王，瑛姊，茣，及绛年。父亲和茣没有上船来。我们在船上请王替我们摄影。

最难堪的时候是船快开的时候。绛年哭了。我在船舷上，丢下了一张字条去，说："绛，不要哭。"那张字条随风落到江里去，绛年赶上去已来不及了。看见她这样奔跑着的时候，我几乎忍不住我的眼泪了。船开了。我回到舱里。在船掉好了头开出去的时候，我又跑到甲板上去，想不到送行的人还在那里，我又看见了一次绛年，一直到看不见她的红绒衫和白手帕的时候才回舱。

房舱是第 327 号，同舱三人，都是学生。周焕南方大学，赵沛霖中法大学，刁士衡燕大研究院。

饭菜并不好，但是有酒，而且够吃，那就是了。

饭后把绛年给我的项圈戴上了。这算是我的心愿的证物：永远爱她，永远系念着她。

躺在舱里，一个人寂寞极了。以前，我是想到法国去三四年的。昨天，我已答应绛年最多去两年了。现在，我真懊悔有到法国去那种痴念头了。为了什么呢，远远地离开了所爱的人。如果可能的话，我真想回去了。常常在所爱的人，父母，好友身边活一世的人，可不是最幸福的人吗？

吃点心前睡着了一会儿，这几天真累极了。

今天有一件使人生气的事，便是被码头的流氓骗去了 100 法郎。

一九三二年十月九日

上午在甲板上晒太阳，看海水，和同船人谈话。同船的中国人竟没有一个人能说得上法语的。下午译了一点 Ayala，又到甲板上去，度寂寞的时候。晚间隔壁舱中一个商人何华携 Portwine 来共饮，和同舱人闲谈到十点多才睡。

一九三二年十月十日

照常是单调的生活。译了一点儿 Ayala。下午写信给绛年，家，蛰存，瑛姊，因为明天可以到香港了。

晚上睡得很迟，因为想看看香港的夜景，但是只看见黑茫茫的海。

一九三二年十月十一日

船在早晨六时许到香港，靠在香港对面的九龙码头。第一次看见香港。屋子都筑在山上，晨气中远远望去，像是一个魔法师的大堡寨。我们一行十一人上岸登渡头到香港去，把昨天所写的信寄了，然后乘人力车到先施公司去，在先施公司走了一转，什么也没有买，和林、周二人先归。船上饭已吃过，交涉也无效，和林、周三人饮酒嚼饼干果腹。醉饱之后，独自上码头在九龙车站附近散步。遇见到里昂去的卓君，招待他上船，又请他给我买了一张帆布床。以后呢，上船到甲板上走走，在舱里坐坐而已。

船下午六时开，上船的人很多。有一广东少女很 Charming，是到西贡去的。她说在上海住过四年，能说几句法文，又说她舱中只她一人（她的舱就在我们隔壁）。我看她有点不稳，大约不是娼妓就是舞女。

船开后便有风浪，同舱的赵沛霖大吐特吐，只得跑出来。洗了一个澡就到甲板上去闲坐。一直坐到十点多才睡。

一九三二年十月十二日

下午，那 Cantanaise 来闲谈了。她要打电报，我给她把电报译成了号码陪她去打，可是她要拍电去的堤南是没有电报局的，只得回下来。她要我到西贡时送她上汽车，我也答应了。她姓陈名若兰。在她舱里看她的时候，她穿着一件 Pyjama，颈上挂着一条白金项链，真是可爱。四点钟光景，她迁住二等二十五号去。

夜晚前后，那 Cantanaise 在三等舱中造成一个 Sensation，一个广东青年来找我，问我她是否（是）我们 Sister，Louis Rolle 则向我断定她是一个娼妓，一次二元就够了；一个安南少年来对我说，他常在香港歌台舞榭间看见她，大约不是正经人，而且她还没有护照。同舟中国人常向我开玩笑，好像我已和她有了什么关系似的。真是岂有此理。

临睡之前到甲板上去散步，碰到我们对面舱中的那个法国军官。他从上海到香港包了一个法国娼妓（洋五十元也）。那娼妓在香港下去了。他似乎性欲发得忍不住了，问我有没有法子 couder avec 那几个公使小姐。我对他说那是公使小姐，花钱也没有办法的，他却说 on peut trouver le moijer tont de maine。小姐们没有男子陪着旅行，我想，真是危险。这三位小姐不知道会不会吃亏呢。

Ayala 还没有译下去，因为饭堂里又热又闷，简直坐不住。真令人心焦。

一九三二年十月十三日

那广东少年姓邓，他今日来找了我好多次，要我陪着他去看陈若兰，大约他看出自己信用不好，找我去做幌子。我陪他去了两次。譬如那 Cantanaise 已有丈夫了。我想她大概是一个外室吧。她要到堤岸去。堤岸叫做 Cholon，故昨日电报没有打通，那广东少年很热心，让他去送她吧。

一九三二年十月十四日

起来写信给绛年，蛰存，家。午时便到西贡了。乘船人凑起钱来，请我做总办去玩。验护照后即下船，步行至 iardin botanigue 去，看了一回，乘洋车返船，真累极了。吃过点心后，和同船人到 marché 去玩，一点也没意思。在归途中遇见那广东少年。他把通信处告诉我，并约我六时去。他的通讯处是 Photo Ideal，74，Boulevard Bonvard。

吃过午饭，即乘车去找他。和他及 Photo Ideal 的老板 Nhu 一同出去。他们还未吃饭，遂先上饭馆。饭后，即到旅馆中去转了一转，我和 Nhu 则在街上等他。Nhu 对我说，邓的父亲稍有几个钱，所以他只是游浪，不务正业，他们是在巴黎认识的，白相朋友而已。邓出来后，我们决定去跳舞，但因时间太早，故先到咖啡店中去坐了一回。十点多钟，跟他们出发去找舞伴，因为西贡是没有舞伴的。我们乘车到了一家安南人的家里。那人家只有三个女人在那里，据说男人已出门做生意了。安南人家的布置很特别，我们所去的一家已经有点欧化了。等那三位安南小姐梳妆好之后，便一同乘车至 Dancing Majestic。那是西贡最上等的舞场，进去要出门票。音乐很好，又有歌舞女歌舞，感觉尚不坏。可是我很累，很少跳。到二点多钟，始返。他们要我住到那三位小姐家里去，我没有去。那三位安南小姐的名字是 Alice Tniu，Jeanne Duong，Le Hong，舞艺以 Alice 为最佳。

一九三二年十月十五日

起身后和同船人一同出去，预备到 Cholon 去玩，我先去兑钱，中途失散了，找他们不着，便一个人在路上闲逛。寄了信，喝了一瓶啤酒，即回船。他们都在船中了。他们与车夫闹了起来，不会说话，不认识路，只得回来。午饭后，再与他们一同出发到 Cholon 去。先到 marché，乘电车往。Cholon 是广东人群住之处。我们在那儿逛了一回之后，到一家叫太湖楼的酒家喝茶，听歌，吃点心。返西贡后，至 Photo Ideal 去了一趟，辞了邓的约会。到 marché 去买一顶白遮阳帽，天忽大雨，等雨停了才乘车返舟。

西贡天气很热，又常下雨，真糟糕。第一次饮椰子浆。

一九三二年十月十六日

一直睡到吃午饭的时候。午饭后，在船上走来走去，而已。

夜饭后和林华上岸去喝啤酒，回来即睡。船就要在明晨四时开了。

一九三二年十月十七日

起来时船已在大海中航行了。一种莫名其妙的悲哀捉住了我。我真多么想着家，想着绛年啊。带来的牛肉干已经坏了，只好丢在海里。绛年给我的 Sunkist 幸亏吃得快，然而已经烂了两个了。

今天整天为乡愁所困，什么事也没有做。

下午起了风浪，同舱中人，除我以外，都晕了。

在西贡花了许多钱，想想真不该。以后当节省。

一九三二年十月十八日

下午译了一点 Ayala。四点半举行救生演习，不过带上救命筏到甲板上去点了一次名而已。吃过晚饭后又苦苦地想着绛年，开船时的那种景象又来到我眼前了。

明天就要到新加坡，把给绛年，蛰存，家，瑛姊的信都写好了。

一九三二年十月十九日

上午九时光景到了新加坡，船靠岸的时候有许多本地土人操着小舟来讨钱，如果我们把钱丢下水去，他们就跃入水中去拿起来，百不失一。其中一老人技尤精，他能一边吸雪茄，一边跳入水去。上岸后里昂大学的学生们都乘车去逛了。我和林二人步行去寄信，在马路上走了一圈，喝了两瓶桔子汁，买了一份报回来。觉得新加坡比西贡干净得多。

在码头上买了一粒月光石，预备送给绛年。

船在下午三时启碇，据说明天可以到槟榔。

在香港换的美国现洋大上当，只值二十法郎，有的地方竟还不要，而钞票却值到二十五法郎以上。

同舱的刁士衡对我说，他燕大的同学戴维清已把蛰存的《鸠摩罗什》译成英文，预备到美国去发表。

一九三二年十月二十日

船在下午八时抵槟榔（Penang）。上岸后，与同舱人雇一汽车先在大街上巡游，继乃赴中国庙，沿途棕林高耸，热带之星灿然，风景绝佳，至则庙门已闭，且无灯火，听泉声蛙鸣，废然而返。至春满楼，乃下车。春满楼也，槟城之大世界也。吾侪购票入，有土戏，有广东戏，并亦有京戏。我侪巡绕一周并饮桔子水少许后，即出门，绕大街，游新公市（所谓新公市者，赌场而已），市水果，步行返舟。每人所费者仅七法郎。

一九三二年十月二十一日

睡时船已开,盖在今晨六时启碇者也。

译了点 Ayala,余时闲坐闲谈而已。

一九三二年十月二十二日

寂寞得要哭出来,整天发呆而已。

一九三二年十月二十三日

Nostalgie,nostalgie!

一九三二年十月二十四日

上午译了一点儿 Ayala。下午船中报告,云有飓风将至,将窗户都关上了,闷得要命。实际上却一点儿风浪都没有。睡得很早,因为明天一早就要到 Colombo 了。

一九三二年十月二十五日

吃过早饭后,船已进 Colombo 的港口。去验了护照,匆匆地把给绛年和家里的信写好了,然后上岸去。因为船是泊在港中而不靠岸,而公司的船又已开了,乃以五法郎雇汽船到岸上去。在岸上遇到了同船的诸人,和他们同雇了汽车在 Colombo 各地巡游,到的地方有维多利亚公园,佛教庙(庙中神像雕得很好,惜已欧化了,我们进去的时候须脱鞋),Zoo,Museum,无非走马

看花而已。回来时寄三信，已不及到船上吃饭，就在埠头上一家
Restaurant 中吃了。饭后在大街中走了一会儿，独自去喝啤酒。
回船休息了一会儿，又到岸上去闲逛，独吃了一个椰子浆，走了
一圈，才回船。船在九时开。

一九三二年十月二十六—三十日

五天以来没有什么可记的，度着寂寞的时光罢了。印度洋上
本来是多风浪的，这次却十分平静，正像航行在内河中一样。海
上除大海一望无际外，什么也看不见，只偶然有几点飞鱼和像飞
鱼似的海燕绕着船飞翔而已。

一九三二年十月三十一日

昨夜肚疼，今晨已愈，以后饮食当要小心。

下午四时船中有跑马会，掷升官图一类的玩艺儿而已。

晚饭后，看眉月，看繁星，看银河。写信给绛年，蛰
存，家。

明天可以到 Djibouti 了。

在船中理发。

一九三二年十一月一日

上午十一时到吉布堤。船并不靠码头。我们吃了中饭后，乘
小船（每人二 franc）登岸。从码头走到邮政局，寄了信，即在
路上闲走。吉布堤是我们沿路见到的最坏的地方。天气热极，房

屋都好像已坍败，路上积着泥，除了跟住我们不肯走的土人外，简直见不到人。我们到土人住的地方去走了一走，被臭气熏了回来，那里脏极了，人兽杂处，而土人满不在乎。有一土人说要领我们去看黑女裸舞，因路远未去，即返舟。

下午四时，船即启碇。

夜间九时船中有跳舞会，我很累，未去。

一九三二年十一月二日

天气很热，不敢做事，整天在甲板上。

一九三二年十一月三日

晚上船中开化装舞会，我也去参加，觉得很无兴趣，只舞了一次，很早就回来睡了。

一九三二年十一月四日

下午船上有抽签得彩之戏，去看看而已。

一九三二年十一月五日

七时抵 Suez，船并不靠岸，上岸去的人简直可以说一个也没有。有许多小贩来卖土货，还有照照片的。我买了一顶土耳其帽，就戴了这帽子照了一张照片。

船在二时许赴 Port Said，在 Suez 运河中徐徐航行，两岸漠漠黄沙，弥望无限。上午所写的给绛年，家的信，是在船中发的。

一九三二年十一月六日

上午五时许醒来，船已到 Port Said 了。七时起身吃了点心就乘小汽船上岸（十三 franc），因为船还是不靠岸。

波塞是一个小地方，但却很热闹，我们上岸后就在大街上东走西看，觉得这地方除了春画可以公开卖和人口混乱外，毫无一点特点。我们在街上足足走了三小时。在书店中买了一册 Vn 回来。吃了中饭后到甲板上去看小贩售物，买了两包埃及烟。

船在四时三刻启碇入地中海。

天气突然凉起来，大家都换夹衣了。

一九三二年十一月七日

今日微有风浪，下午想译 Ayala，因头晕未果。

睡得很早。

一九三二年十一月八日

依然整天没有事做。晚饭后拟好了电报稿，准备到巴黎时发。

林泉居日记

（一九四一年，戴望舒在香港担任《星岛日报》《星座》副刊编辑，住在薄扶林道的 WOOD BROOK，一般称为"木屋"，他自译为"林泉居"。戴望舒在这里记了七、八、九三个月的日记，编者根据手稿收入本书。）

七月二十九日　晴

丽娟又给了我一个快乐：我今天又收到了她的一封信。她告诉我她收到我送她的生日蛋糕很高兴，朵朵也很快乐，一起点蜡烛吃蛋糕。我想象中看到了这一幕，而我也感到快乐了。信上其余的事，我大概已从陈松那儿知道了。

今天徐迟请他的朋友，来了许多人，把头都闹胀了。自然，什么事也没有做成。上午又向秋原预支了百元。是秋原垫出来的。

三十日　晴

上午龙龙来读法文。下午出去替丽娟买了一件衣料，价八元七角，预备放在衣箱中寄给她。又买了一本英文字典、五支笔，也是给丽娟的。又买了两部西班牙文法，价六元，是预备给胡好读西班牙文用的。不知会不会偷鸡不着蚀把米？到报馆里去的时候，就把书送了给胡好，并约定自下月开始读。

晚间写信给丽娟，劝她搬到前楼去，不知她肯听否？明天可以领薪水，可以把她八月份的钱汇出，只是汇费高得可怕，前几天已对水拍谈过，叫他设法去免费汇吧。

药吃了也没有多大好处。我知道我的病源是什么。如果丽娟回来了，我会立刻健康的。

三十一日　下午雨

今天是月底，上午到报馆去领薪水，出来后便到兑换店换了六百元国币。五百元是给丽娟八月份用，一百元是还瑛姊的。中午水拍来吃饭，便把五百元交给他，因为他汇可以不出汇费。但是他对我说，现在行员汇款是有限制的，是否能汇出五百元还不知道，但也许可以托同事的名义去汇，现在去试试看，如果不能全汇，则把余数交给我。

今天是报馆上海人聚餐的日子，约好先到九龙城一个尼庵去游泳，然后到侯王庙对面去吃饭。午饭后就带了游泳具到报馆去，等人齐了一同去。可是天忽然大雨起来，下个不停，于是决定不去游泳了。五时雨霁，便会同出发，渡海到九龙，乘车赴侯王庙，可是一下公共汽车，天又下雨了。没有法子，只好冒雨走到侯王庙，弄得浑身都湿了。菜还不错，吃完已八时许，雨也停了。出来到深水埗吃雪糕，然后步行到深水埗码头回香港。在等船的时候，灵凤和光宇为了漫画协会的事口角起来，连周新也牵了进去，弄得大家都不开心。正宇和我为他们解劝。到了香港后，又和光宇弟兄和灵凤等四人在一家小店里饮冰，总算把一场误会说明白了。返家即睡。

八月一日　晴

早上报上看见香港政府冻结华人资金，并禁止汇款，看了急得不得了。不知丽娟的钱可以汇得出否？急急跑到水拍处去问，可是他却不在，再跑到上海银行去问，停止汇款是否事实，上海汇款通否？银行却说暂时不收。这使我急得像热锅上的蚂蚁，真不知道怎样才好。回来想想，这种办法大概是行不通的，上海有多少人是靠着香港的汇款的，过几天一定有改变的办法出来。心也就放了下来。

下午到中华百货公司买了一套玩具，是一套小型的咖啡具，价三元九角五，预备装在箱中寄到上海去。她看见也许会高兴吧。她要我买点好东西给她玩，而我这穷爸爸却买了这点不值钱的东西（一套小火车要六十余元！），想了也感伤起来了。

昨夜又梦见了丽娟一次。不知什么道理，她总是穿着染血的新娘衣的。这是我的血，丽娟，把这件衣服脱下来吧！

二日　晴晚间雨

早晨又到中国银行去找袁水拍。他说：一般的个人汇款，现在已可以汇了，可是数目很小，每月一千五百元国币，商业汇款还不汇，我交给他的五百元还没有汇出，大概至多汇出一部分。再过一两月给我回音。托人家办事，只好听人家说，催也没用。出来后到上海银行，再去问一问汇款的事。行中人说的话和水拍一样，可是汇费却高得惊人，每国币百元须汇费港币四元九角，即合国币三十余元。还只是平汇，这样说来，五百元的汇费就须一百五十一元，电汇就须一百八十元了，这如何是好！接着就叫旅行社到家中取箱子，可是他们却回答我说，现在箱子已不收了。这是什么道理呢？我说，你们大概弄错了吧，前几星期我也来问过，你们说可以寄的。他们却回答说，从前是可以的，现在却不收了。真是糟糕，什么都碰鼻子，闷然而返。

下午到邮局时收了丽娟的一封信，使我比较高兴了一点。信中附着一张照片，就是我在陈松那里看到过的那张，我居然也得到一张了！从报馆出来后，就去中华百货公司起了一个漂亮的镜框，放在案头。现在，我床头，墙上，五斗橱上，案头，都有了丽娟和朵朵的照片了。我在照片的包围之中过度想象的幸福生活。幸福吗？我真不知道这是幸福还是苦痛！

一件事忘记了，从中国银行出来后，我到秋原处去转了转，因为他昨天叫徐迟带条子来叫我去一次，说有事和我谈。事情是这样的：天主堂需要一个临时的改稿子的人，略有报酬，他便介绍了我。我自然答应了下来，多点收入也好。事情说完了之后……就走了出来。

三日　雨

上午到天主堂去找师神父，从他那儿取了两部要改的稿子来。报酬是以字数计的，但不知如何算法，也不好意思问。晚间写信给丽娟，告诉她汇款的困难问题，以及箱子不能寄，关于汇款，我向她提出了一个办法，就是叫她每两月到香港来取款一次。但我想她一定不愿意，她一定以为我想骗她到香港来。

四日　晴

陆志庠对我说想吃酒，便约他今晚到家里来对酌。这几天，我感到难堪的苦闷，也可以借酒来排遣一下。下午六时买了酒和罐头食品回来，陆志庠已在家等着了。接着就喝将起来。两人差不多把一大瓶五加皮喝完，他醉了，由徐迟送他回去。我仍旧很清醒，但却止不住自己的感情，大哭了一场，把一件衬衫也揩湿了。陈松阿四以为我真醉了，这倒也好，否则倒不好意思。

徐迟从水拍那里带了三百元来还我，说没有法子汇，其余的二百元呢，他无论如何给我汇出。这三百元如何办呢？到上海银行去，我身边的钱不够汇费。没有办法的时候，到十一二号领到稿费时电汇吧，汇费纵然大也只得硬着头皮汇了！

今天下午二时许，许地山突然去世了。他的身体是一向很好的，我前几天也还在路上碰到他，真是想不到！听说是心脏病，

连医生也来不及请。这样死倒也好，比我活着受人世最大的苦好得多了。我那包小小的药还静静地藏着，恐怕总有那一天吧。

五日　晴

上午又写了一封信给丽娟，又把六七两月的日记寄了给她。我本来是想留着在几年之后才给她看的，但是想想这也许能帮助她使她更了解我一点，所以就寄了给她，不知她看了作何感想。两个月的生活思想等等，大致都记在那儿了，我是什么也不瞒她的，我为什么不使她知道我每日的生活呢？

中午许地山大殓，到他家里去吊唁了一次。大家都显着悲哀的神情，也为之不欢。世界上的人真奇怪，都以为死是可悲的，却不知生也许更为可悲。我从死里出来，我现在生着，唯有我对于这两者能作一个比较。

六日　晴

前些日子，胡好交了一本稿子给我，要我给他改。这是一个名叫白虹的舞女写的，写她如何出来当舞女的事。我不感兴趣，也没有工夫改，因此搁下来了。后来徐迟拿去看，说很好，又去给水拍看，也说好。今天他们二人联名写了一封信，要我交给胡好，转给那舞女，想找她谈谈。这真是怪事了。但我知道他们并不是对女人发生兴趣，他们是想知道她的生活，目的是为了写文章。我把信交给胡好，胡好说，那舞女已到重庆去了。这可使徐迟他们要失望了吧。

好几天没有收到丽娟的信了。又苦苦地想起她来，今夜又要失眠了。

七日　晴

昨天龙龙来读法文的时候对我说，她父亲说，大夏大学决定搬到香港来（一部分），要请我教国文。所以今天吃过饭之后，我便去找周尚，问问他到底如何情形。他说，大夏在香港先只开一班，大学一年级，没有法文，所以要请我教国文。可是薪水也不多，是按钟点计算的，每小时二元，每星期五小时，这就是说每月只有四十元，而且还要改卷子。这样看来，这个事情也没有什么好，我是否接受还不能一定，等将来再看吧。

今天阴历是闰六月十五，后天是丽娟再度生日，应该再打一个电报去祝贺她。

八日　晴

吃中饭的时候，徐迟带了一个袁水拍的条子来，说二百元还不能汇，但是他在上海有一点存款，可以划二百元给丽娟，他一面已写信给他在上海的朋友，一面叫我写信告诉丽娟。我收到条子后，就立刻写信给丽娟，告诉她取款的办法。

饭后去寄信的时候，使我意外高兴的，是收到了一封丽娟的信，告诉我她已搬到了中一村，朵朵生病，时彦生活改变，又叫我买二张马票。真是使人不安。朵朵到了上海后常常生病，而她在香港时却是十分康健的。我想还是让朵朵住到香港来好吧。时彦也很使我担忧。穆家的希望是寄在他身上，而现在他却像丽娟所说的"要变第二个时英了"！这十年之中，穆家这个好好的家庭会变成这个样子，真是使人意想不到的。财产上的窘急倒还是小事，名誉上的损失却更巨大。后一代的人，几乎没有一个例外，都过着向下的生活，先是时英时杰，现在是丽娟时彦，这难道是命运吗？岳母在世发神经时所说"鬼寻着"的话，也许不是无因的……关于时彦，我想一方面是环境的不好，另一方面丽娟的事也是使他受了刺激的。在上海的时候，我就看见他为了丽娟的事而失眠。他想想一切都弄得这样了，好好做人的勇气自然也失去了。

但愿时彦和丽娟两个人都回头吧！他们是穆家唯一有点希望的人！

现在已二时，今天恐怕又要睡不好了。

九日　晴

早上九点钟光景，徐迟来叫醒了我说陈松昨夜失窃了！她把一共五十元光景的钱分放在两个皮匣里，藏在抽斗中，可是忘记把抽斗锁上了。偷儿从窗中爬进来，把这钱取了去。时候一定是在半夜四时许，因为我在三时还没有睡着。后来沈仲章上来说，贼的确是四点钟光景来的。他听见狗叫声，马师奶也听见狗叫声而起来，看见一个人影子闪过。奇怪的是贼胆子竟如此大，奇怪的是徐迟夫妇会睡得这样熟，奇怪的是我住到这里那样长又没有失窃过，而陈松来了不久就被窃了。这也是命运吧。陈松很懊丧，因为她所有的钱都在那里了。徐迟去报了差馆。差馆派了人来问了一下。可是这钱是没有找回来的希望了。

今天打了一个贺电给丽娟，贺她今年再度的生日。

晚间马师奶请吃夜饭，有散缪尔等人。马师奶说，巴尔富约我们明天到他家里去吃茶。我又有好久没有看见他了，可是实在怕走那条山路。

十日　晴

今天是星期日，上午到报馆里去办了公，下午便空出来了。吃过午饭之后，我提议到浅水湾去游泳，因为陈松自从失了钱以来，整天愁着，这样可以忘掉。于是大家决意先到浅水湾，然后到巴尔富家去吃点心。决定了便立即动身到油麻地坐公共汽车去。在公共汽车上遇到了许多人，乔木、夏衍等等，他们也是去游泳的，便一起出发。浅水湾的水还是很脏，水面上满是树枝和树叶，可是我们仍然在那里玩了长久，因为熟人多的原故，连时光的过去也不觉得了。出水后已五时许，坐了一下后，即动身到巴尔富家去。

在走上山坡的时候，我忽然想起丽娟和朵朵来，去年或是前年的有一天下午，我们一同踏着这条路走上去过，其情景正像现在的徐迟夫妇和徐律一样。但是这幸福的时候离开我已那么远那么远了！在走上这山坡的时候，丽娟，你知道我是带着怎样的惆怅想着你啊！到了山顶的时候，巴尔富和马师奶已等了我们长久了，于是围坐下来饮茶吃点心，并随便闲谈，一直谈到天快晚的时候才下山来。下山来却坐不到公共汽车,每辆车子都是客满,没办法了,只好拔脚走,一直走到快到香港仔的时候,才拦到了一辆巴士,坐着回来。匆匆吃了夜饭就上床,因为实在疲倦极了。

十一日　晴

上午到报馆去领稿费,出来随即把丽娟的三百元交上海银行汇出去,恐怕她又等得很急了吧。汇费是十七元七角四分港币,真是太大了,上次汇五百元的时候,我觉得十七元余的汇费已太大,不料这次汇三百元都要十七元余。如果再加,如何能负担呢?

银行里出来后,又到跑马会去买了三张马票,两张是要寄给丽娟的,一张留着给自己。希望中奖吧!

上午屠金曾对我说,上海同人今天下午到丽池去游泳,叫我也去,所以下午也到报馆去,可是光宇、灵凤等又不想去了。屠氏兄弟周新等以为他们失信,心中不太高兴,便仍旧拉着我去。在丽池游了三小时光景,我觉得已比从前游得进步一点了。在那里吃了点心回来。

十二日　晴

上午写信给丽娟,并把两张马票附寄给她。在信中,我把我收到她的信的那一天的思想告诉了她。……这个天真的人,我希望她一生都在天真之中!我要永远偏护她,不让她沾了恶名。她不了解我也好,我总照着我自己做,我深信是唯一能爱她而了解

082

她，唯一为她的幸福打算的人，等她年纪再大一点的时候，等她从迷梦中清醒过来的时候，她总有一天会知道我的。

身边还余五十余元，交了三十五元给阿四，叫她明天把丽娟去沪时的当赎出来。

十三日　晴

早上阿四把丽娟所典质的东西取了回来，一个翡翠佩针，一个美金和朵朵的一个戒指。见物思人，我又坠入梦想中了。这两个我一生最宝爱的人，我什么时候能够再看见她们啊！在想到无可奈何的时候，我的心总感到像被抓一样地收紧起来。想她们而不能看见她们，拥她们在怀里，这是多么痛苦的事啊！我总得设法到上海去看她们一次，就是冒什么大的危险也是甘愿的！现在还有什么东西使我害怕呢？死亡也经过了，比死更难受的生活也天天过着。我一定得设法去看她们。

晚间到文化协会去讲小说研究，因为是七点半开始的，所以没有吃饭，九时许回家的时候，袁水拍在这里，便和他以及徐迟夫妇到大公司去，他们吃茶我吃饭，回来不久就睡。

十四日　晴

徐迟这人真莫名其妙，对陈松一会儿好，一会儿坏，对朋友也是这样。现在，他自己觉得是前进了，脾气也越来越古怪了。我看到他一张纸，写着说，以后要只和"朋友"来往，即日设法搬到朋友附近去住。所谓"朋友"是指那些所谓"前进"的人，

即夏衍，郁风，乔木，水拍等。如果他要搬，我也决不留他，反正他们住在这里我也便宜不了多少。他们管饭以来，菜总是不够吃的。丽娟，你什么时候能够回来啊！

饭间复陆侃如夫妇和吴晓铃的信，又把他们在《俗文学》的稿费寄给他们。

十五日　晴

上午到邮政局去，出于意外地，收到了丽娟在本月七日所发的信。我以前写信请她搬到前楼去，她回信却说宁可省一点钱，将就住在亭子间里。其实这点钱何必省呢？也许因住得不好而生病，反而多花钱。再说，我已答应多的房钱由我来出的。她说她身体不好，轻了六磅，这也是使我不安心的，我真希望她能回到香港来，让我可以好好地服侍她，为她调理。她劝我不要到上海去，看看照片也是一样。唉，哪里能够一样！信上有一句话使我很以为惊喜，即就是她说"也许我过了几天已在香港也说不定"。也许真会有这样的事吧！于是我想到她没有入口证，上海也不能领，就是要来也来不成的，于是在抽斗里找出了她的两张照片，饭后去讨了领证纸，填好了又去找胡好作保，然后送到旅行社请他们去代领。这次是领的两年的，七元，这样可以用得时间长一点。旅行社说现在领证颇多困难，能否领得犹未可知。出来的时候，颇有点担心，可是总不至于会有什么大困难吧。

出了旅行社又回报馆去，因为今天是十五，是报馆上海同仁茶叙的日子。今天约在丽池，既可以饮茶，又可以游泳。发好稿子后，便和他们一同出发去。游泳的仅有周新屠金曾糜文焕和我四人，其余的都坐着吃茶点看看。在那里玩了三时光景，然后回家来。今日领薪。

十六日　晴

昨天收到了丽娟那封信，高兴了一整天，今天也还是高兴着。丽娟到底是一个有一颗那么好的心的人。在她的信上，她是那么体贴我，她处处都为我着想，谁说她不是爱着我呢？一切都是我自己不好，都是我以前没有充分地爱她——或不如说没有把我对于她的爱充分地表示出来。也许她的一切行为都是对我的试验，试验我是否真爱她，而当她认为我的确是如我向她表示的那样，她就会回来了（但是我所表示的只是小小的一部分罢了，我对于她感情深到怎样一种程度，是怎样也不能完全表示的）。正像她是注定应该幸福的一样。我的将来也一定是幸福的，我只要耐心一点等着就是了。这样，我为什么常常要想起那种暗黑的思想呢？这样，在我毁灭自己的时候，我不是犯了大错误吗？我为什么要藏着那包药？这样一想，我对于那包药感到了恐怖，好像它会跳进我口中来似的，我好像我会在糊涂时吞下它去似的。这样，我立刻把这包小小的东西投在便桶中，把它消灭了，好像消灭了一个要陷害我的人一样。而这样心理十分舒泰起来。是的，我将是幸福的，我只要等着就是了。

心里虽则高兴，却又想起丽娟在上海一定很寂寞。我怎样能解她的寂寞呢？叫别人去陪她玩，总要看别人的高兴。周黎庵处我已写了好几封信去，瑛姊、陈慧华等处也曾写了信去，不知她们会不会常常去找找她，以解她的寂寞呢？咳，只要我能在上海就好了。

十七日　晴

晚间写信复丽娟，并把赎当等事告诉她。她来信要我写信给周黎庵，要他教书，所以我又写了一封信给黎庵。不过报酬如何算呢？我们已麻烦他的太多了，这次不能再去花他许多时间。可是信上也不能如何说，还是让丽娟自己去探听他一声吧。

我平常总是五点钟回家后就工作着的，每逢星期六、日，徐迟夫妇要出去的时候，我总感到一种无名的寂寞之感。今天又是星期日，可是吃完晚饭，天忽然下起雨来。这样，徐迟夫妇不出去了，我也能安心地工作写信了。

今天去付了房租。又把母亲的六十元封好了，准备明天去寄。

下午遇见正宇，说翁瑞吾要回上海去。现在忽然想起，给丽娟的衣料等物何不请他带去？他可以交给孙大雨，由丽娟去拿。明日去找他，托托他吧。

十八日　晴

下午带了一包要带到上海去的东西去找翁瑞吾，可是他已经出去了。便把东西留在那儿，并托正宇太太对瑞吾说一声。我想他总答应带的吧。好在东西不多，占不了多少地方。

晚间马师奶请她的三个女学生吃饭，叫沈仲章何迅和我三人做陪客。一个是姓何的，名叫 Geitunde，两个姓余的，是姊妹，一叫 Maguatt，一忘掉。三个人话很多，说个不停，一直说到十一点光景才走。姓何的约我们大家在下下星期日到赤柱去钓鱼野宴并游水，她在赤柱有一个游泳棚，可以消磨一整天。

十九日　晴

一吃完中饭就去找翁瑞吾，他正在午睡。醒来后，他对我说，他明天就要去上海了，东西可以代为带去，这使我放了一个心。我请他把东西放在大雨家里，让丽娟去拿。然后道谢而出，回家写信告诉丽娟。

从报馆回来的时候，在邮局中取到一封丽娟的信。那是八月十一日发的，还没有收到我的钱，可是却收到了我的日记。我之寄日记把她看，是为了她可以更充分一点地了解我，不想她反而对我生气了。早知如此，我何必让她看呢？她说她的寂寞我是从来也没有想到过，这其实是不然的。我现在哪一天不想到她，哪一个时辰不想到她。倒是她没有想到我是如何寂寞，如何悲哀。我所去的地方都是因为有事情去的，我哪里有心思玩。就是存心去解解闷也反而更引起想她。而她却不想到我。

她来信说周黎庵已经在教她读书了。这很好。我前天刚写出了给黎庵的信，不知现在报酬如何算法？丽娟信上说，书已上了几天，但她已吃不消了。她是不大有长性的，希望她这次能好好地读吧。

二十日　晴

今天是文化协会上课的日子，我还一点也没有预先预备，一直等下午报馆回来后才临时预备了一下。上课的时候，居然给我敷衍了两小时。上完了课，已九时半，肚子饿得要命，一个人到加拿大去吃了一顿西餐，一瓶啤酒。吃过饭坐三号Ａ，一直坐到摩星岭下车，然后一个人慢慢地踱回家来。这孤独的散步不但不能给我一点乐趣，反而使我格外苦痛。没有月亮的黑黝黝的天，使我想起了那可怕的梦，想起了许多可怕的事。我想到梁蕙在西贡给日本人杀害了（这是我第一次想起她），想到我睡在墓穴里，想到丽娟穿着染血的嫁衣。……一直到回家后才心定一点。

二十一日　晴

从报馆回来的时候，又收到了一封丽娟的信，告诉我电汇的三百元已收到了，但是水拍划的那二百元却没有提起，我想不久总会收到的吧。

她说她也赞成一月来港取钱一次的办法，但是她却很害怕旅行。她说她也许今年年底或明年年初能到香港来一次。这是多么可喜的消息啊！丽娟，我是多么盼望你到香港来。我哪里会强留你住？虽则我是多么愿意永远和你在一起，但是如果这是你所不愿意，我是一定顺你的意去做的。……这一点你难道到现在也还不明白啊？

她叫我把箱子在八月底九月初带到上海去，可是陶亢德沈仲章现在都不走，托谁带去好呢？小东西倒还可以能转辗托人，这样大的箱子别人哪里肯带呢？

二十二日　晴

下午中国旅行社打电话来，说丽娟的二年入口证已领到了，便即去拿来。

这几天真忙极了，除了天主教的耶稣传，《星座》上的长篇外，还要赶天主堂托我改的稿子，弄得一点空儿也没有，连丽娟的信也没有回，真是要命。今天的日记也只得寥寥几行了。

二十三日　雨

下午灵凤找我吃茶，拿出新总编辑给他的信来给我看。那是一封解职的信，叫他编到本月底，就不必编下去了。陈沧波来时灵凤是最起劲招待的，而且又有潘公展给他在陈沧波面前打招呼的信，想不到竟会拿他来开刀。他要我到胡好那儿去讲，我答应了，立刻就去，可是胡好不在。于是约好明天早晨和光宇一起再去找他。

今天徐迟在漫协开留声机片音乐会，并有朗诵诗。我本来就不想去，刚好马师奶来请吃夜饭，便下楼去了。客人是勃脱兰和山缪儿。谈至十一时，上楼改译稿。睡已二时。

二十四日　阴

叶灵凤昨天约我今天早晨到他家里，会同了光宇一同到报馆里去找胡好，所以我今天很早就起来，谁知到了灵凤家里，灵凤还没有起身，等他以及光宇都起来一起到报馆的时候，已经快十一点钟了。我和光宇先去找胡好。胡好在那里，说到灵凤的事的时候，胡好说陈沧波说灵凤懒，而且常常弄错，所以调他。但是胡好说，他并不是要开除他，只是调编别一栏而已。这是陈沧波和胡好不同之处。这里等到一个答复后，便去告诉灵凤，他也安心了。可是陈沧波的这种行为，却激起了馆中同事的公愤。他的目的，无非是要用私人而已。恐怕他自己也不会长久了吧。

下午很早就回来，发现抽斗被人翻过了。原来是陈松翻的。我问她找什么，她不说，只是叫我走开，让她翻过了再告诉我，我便让她去翻，因为除了梁蕙的那三封信以外，可以算作秘密的东西就没有了。我当时忽然想到，也许她收到了丽娟的信，在查那一包药吧。可是这包药早已在好几天之前丢在便桶里了。等她查完了而一无所获的时候，我盘问了她许久她才说出来，果然是奉命搜查那包药的。我对她说已经丢了，不知道她相信否？她好像是丽娟派来的监督人，好在我事无不可对人言，也没有什么对不起人的地方，随便她怎样去对丽娟说是了。

晚间灵凤请吃饭，没有几样菜，人倒请了十二个，像抢野羹饭似地吃了一顿回来。又赶校天主堂的稿子。

二十五日　雨

午饭后把校好的稿子送到天主堂去，可是出于意外地，只收到了十元的报酬，而我却是花了五个晚上工夫，真是太不值得了。下次一定不干了。

报馆里回来的时候，陈松对我说，想请我教法文。我真不知道她读了法文有什么用处，可是我也不便把这意思说出来。丽娟曾劝我要把脾气改得和气一点，所以我虽则已没有什么时间了，却终于硬着头皮答应下来，而且即日起教她。龙龙每星期要白花我三小时光景，而现在她又每天要白花我半小时，这样下去，我的时间要给人白花完了！陈松相当的笨，发音老教不好，丽娟要比她聪明得多呢。

二十六日　雨

今天感到十分地疲劳，头又胀痛得很，晚饭后写信给丽娟，并把入口证寄给她。现在，我感到剧烈的头痛，连日记也不想多写了。

二十七日　晴

今天头痛已好了一点，但是仍感疲倦。大约是这几天工作的时间太多了吧。为此之故，我上午一点事也没有做，可以得到一点休息。但是实际上这一点点的休息又有什么用呢？

徐迟回来午饭的时候带了一封秋原的信来，附着一张法文的合同。这是全增嘏的一个律师朋友托译的，说愿意出一点报酬。我想赚一点外快也好，在夜饭后就试着译。可是这东西不容易译，花了许多时间只译了一点点，而头却又痛起来，就决计不去译它，请徐迟带还秋原去。

收到大雨的信，要我代寄一封信给重庆任泰，可是信是分三封寄来的，要等三封齐了之后才可以代他寄出去。

今天又到文化协会去讲了一小时许诗歌。

二十八日　晴

中饭菜不够吃，我饭吃得很少，到报馆办公完毕，肚子饿得厉害，便一个人到美利坚去吃点心，快吃完的时候，报馆的同事贾纳夫跑到我座位上来，原来他在我后面，我起先没有看见。他便和我闲谈起叶灵凤的事来。后来，他忽然对我说，他最近有一个朋友经过香港回上海去，是丽娟的朋友，在我这次到上海去时和我见过，这次本来想来找我，可是因为时间匆促，所以没有来。这真奇怪极了！我在上海除了极熟的朋友外，简直就一个人也没有遇到过。更奇怪的是贾纳夫说这些话时候的态度，吞吞吐吐地好像有什么秘密在里面似的，好像带着一点嘲笑口吻似的。我立刻疑心到，这人也许就是姓×的那个家伙吧。他到内地去鬼混了一次，口称是为了她去吃苦谋自立，可是终于女人包厌了，趣味也没有了，以为家里可以原谅他仍旧给他钱用，便又回到上海去。我猜这一定是他，又不知他在贾纳夫面前夸了什么口，怎样污辱了她的名誉。我便立刻问贾纳夫这人叫什么名字，他又吞吞吐吐了半天，才说是姓梁叫月什么的（显然是临时造出来的）。我说我不认识这个人，也没有见过这个人。他强笑着说，也许你忘记了。这样说着，推说报馆里还有事，他就匆匆地走了。

这真使我生气！……我真不相信这人会真真爱过什么人。这种丑恶习惯中养成的人，这种连读书也读不好的人，这种不习上进单靠祖宗吃饭的人，他有资格爱任何女人吗？他会有诚意爱任何女人吗？他自己所招认的事就是一个明证。他可以对一个女人说，我从前过着荒唐的生活，但是那是因为我没有碰到一个爱我而我又爱她的女人，现在呢，我已找到我灵魂的寄托，我做人也要完全改变了。有经验的女人自然不会相信这种鬼话，但是老实的女人都会受了他的欺骗，心里想：这真是一个多情的人，他一切的荒唐生活都是可以原谅的，第一，因为他没有遇到一个真心爱他的人，其次，他是要改悔成为一个好人，真心地永远地爱着我，而和我过着幸福的生活了。真是多么傻的女人！她不知道这类似的话已对别的女人不知说过多少遍了！如果他那一天吃茶出来碰到的是另一个傻女人，他也就对那另一个傻女人说了！女人真是脆弱易欺的。几句温柔的话，一点虚爱的表示，一点陪买东西的耐心，几套小戏法，几元请客送礼的钱，几句对于容貌服饰的赞词，一套自我牺牲与别人不了解等的老套，一篇忏悔词，如此而已。而老实的女人就心鼓胀起来了，以为被人真心地爱着而真心地去爱他了。这一切，这就叫爱吗？这是对于"爱"这一个字的侮辱。如果这样是叫作爱，我宁可说我没有爱过。

二十九日　晴

下午到报馆去的时候，屠金曾对我说，陈沧波已带了一个编"中国与世界"栏的人来，又不要灵凤发稿了。我以为灵凤的事已结束了，谁知道还是有花样。问题是如此：要看灵凤自己意思如何，如果他可以放弃这一栏而编其他栏，那么就让开，反正胡好已答应不停他的职。如果他决定要编"中国与世界"栏呢，我们也可以硬做。于是便和馆中上海人一齐到中华阁仔去谈论这事。灵凤的主见没有一定，又想仍编这一栏，又怕闹起来位置不保。于是决定今天由他自己再和胡好去相商一次然后再作计较。

饮茶出来，在邮局中收到了丽娟十九日写的信，说水拍划的二百元已收到了。她这封信好像是在发脾气的时候写的。我不知道她为什么又生气，难道我前次信上说让朵朵到香港来，她听了不高兴了吗？她也是很爱朵朵的，她不知道朵朵在港身体可以好一点，读书问题也可以解决了吗？

三十日　晴

小丁来吃中饭。他刚从仰光回来不久，所以我约他再来吃夜饭谈谈。我叫阿四买一只鸡，又买牛肉，徐迟买酒及点心，他自己也带一样菜来。这样一凑，菜酒就不错了。他七时就来，先吃茶点，然后饮酒吃饭，谈谈说说，讲讲笑话，也是乐事，所可惜者，丽娟不在耳。饭后余兴未尽，由小丁请我们到大公司饮冰，十二时许始返。

三十一日 晴

早上睡得正好，沈仲章来唤醒了我。原来今天是何姑娘约定到赤柱去钓鱼的日子，我却早已忘记了。匆匆洗脸早餐毕，马师奶何迅已等了长久了。便一起出发到何家去。何家相当富丽堂皇，原来她是何东的侄女。到了那里，她也等了长久了。余家姊妹不在，说是直接到赤柱了，却另加了赵氏姊妹二人，都是何的表姊。一行七人到码头乘公共汽车去赤柱，何虽则已带了大批食物，沿途又还买了水果等物。到了赤柱，就到她家的游水棚，不久玛格莱特·何也来了，可是她姊姊却没有来。于是除了仲章和马师奶外，大家都下去游水。在这些人之中，我是游得最坏，而且海边石子太多，把我的脚也割破了，浸了一会儿，就独自上岸来和马师奶闲谈。等他们上来，就一同冷餐。冷餐甚丰。饭后躺在榻上小睡一会儿，又下海去游了一下，这时她们坐着小船去叫钓鱼船，叫来后，大家一齐上船。唯有何、余和何迅三人不坐船，跟着船游出去，游了一里多路。船到海中停下来，吃了点心然后钓鱼。钓鱼不用竿子，只用一根线，以虾为饵。起初我钓不着，后来却接连钓到了三条，仲章钓到了一条河豚鱼，因为有毒，弄死了丢下水去。差不多大家都钓到，一共有二十几条，各种各类都有，可惜都不大。其间我曾跳到水中去游了几分钟。那地方水深五十余尺，可是他们都是游水好手，又有船去，所以我敢跳下去，可是一跳下去就怕起来，所以不久就上来了。马师奶也跳下去的，我以为她是不会游的，哪知她游得很好。八时许才回到游水棚，天已黑了。我因为报馆要聚餐，所以不在棚中晚饭，独自先行，可是脱了九点一刻的公共汽车，而且也赶不及聚餐了（在九龙桂园），只好再回游水棚去吃饭。饭后在沙滩上星光下闲谈，余小姐老提出傻问题来问我，如写诗灵感哪里来的之类。乘末班车归，即睡。整天虚度了！

九月一日　晴

馆中遇屠金曾，说昨日叙餐未到者，除我外尚有光宇兄弟二人，大众决议，要双倍罚款。

馆中出来在邮局收到丽娟八月二十五日写的信。告诉我朵朵病已好了，胖了点，她自己也重了三磅，这使我多么高兴而安慰。她告诉我国文已不再读了，只读英文。这真太没长性了。读英文没有什么大用处，黎庵也不见得教得好，还是仍旧读国文的好。她的国文程度，从写信上看来，已有了一点进步，写字也写得好一点，有了这样的根基，再用一点功一定会大有进步的。读英文她却很少有希望，根底实在太差了。要能够看看普通的书并说几句，恐非三五年不行，她哪里会有这样的耐心呢？

二日　晴

上午写信复丽娟，并问她认不认识贾纳夫所说的那个姓梁的人。看她如何回答我吧。到邮局去寄信的时候，看见有人在用挂号信封保险寄钱到上海，便问局中人是否可寄。局中人说香港可以，上海方面不很清楚。便又去问柳存仁，存仁说，听说上海限一千五百元，到底如何不大清楚，至多退回来，不会收没的。这样，我决计将这月的钱用挂号寄去了，可以省许多汇费，明天向报馆去预支薪水吧。（昨夜梦丽娟）

三日　晴

上午从报馆中借了六十元薪金，预备凑起现在所有的一起寄给丽娟，房金用稿费付。这样就没有问题了。

下午收到了蛰存的信。他很关心我的事。他只听得我和丽娟有裂痕的话，以为她现在得到了遗产，迷恋上海繁华（如果他知道真情，他不知要作何感想呢？）。他劝我早点叫她回来，或索性放弃了。别人都这样劝我，他也如此。……我也不是不明白这种道理，但是我却爱她，我知道她在世界上是孤苦零丁，没有一个真心对她的人。对于我，对于她这两方面说，我不能让她离开我；再说，还有我们的朵朵呢？说起朵朵，我又想到了她的教育问题。今天午饭的时候，徐迟陈松商量把徐律送到圣司提反幼稚园去，我想到朵朵在上海过寂寞的生活，不能受教育，觉得很感伤……

晚饭后去文化协会讲诗歌，回来后和沈仲章陈松出去吃宵夜。

四日　晴

上午去换了六百元国币，合港币一百〇二元。回来写信给她，告诉她钱明天寄出。我又向她提议，请她最好能回香港来。如果她能来，我当每月至少给她百元零用。其实，如果她能回

来，我有什么不愿意给她呢？我有什么事不愿为她做呢？又收黎
庵信，云或将即来香港。

张君干约我下午去游泳，便和他一同到丽池去。在那里游
泳，谈心并在海里划船。出来已八时许，他请我在新世界吃饭，
又请我到皇后看电影，返已十二时许。

五日　晴

上午写信给丽娟，告诉她六百元分二封保险信寄，叫她收到
与否均打电报给我。可是下午到邮局去寄的时候，出乎我意外
的，邮局说国币不收了，说是刚从昨天起收到上海邮局的通知才
这样办的。我很懊丧，但也庆幸着，因为这金钱如果昨天寄了，
丽娟是一定收不到了。就在邮局中把上午写的信上加了几句，说
钱改明天寄出，寄港币百元，因为港币是可以寄的。当即将钱又
换港币。

晚饭后去访亢德和林葳庐。在他们那儿坐了一时光景。亢德
说月底光景回上海去，我就说想托他带箱子，可是他不大愿意，
我也就不说下去了。葳庐送了我一部《战地钟声》。回来后又写
信给丽娟，告诉她寄港币百元，这几天在报馆中听到上海将被封
锁的消息，便在信上告诉了她，劝她早点来港，以免受难。

六日　晴

一早就去寄保险信，谁知今天是公共假期，寄不出，明天又
是星期日，只得等到星期一。丽娟收到这笔钱，一定将在二十号

左右了，奈何！

下午复了蛰存的信，请他多写文稿来。关于丽娟的事，我对他说我不愿多说（因为他问我详情如何），以及我相信她会回来的。

陈松法文进步了不少，只是读音读不好，照这样学下去四个月可以说法文了。龙龙甚懒，教了从不读，我也不太高兴教她了。

七日　晴

报馆出来后，在拔佳门口看看皮鞋，因为我的白皮鞋已有点破，而且也将不能穿了，先看一看，将来可以买，不意陈福愉正买了皮鞋出来，便拉我去他所住的思豪酒店去闲谈。他已进了星岛，所谈无非星岛的事。出来即乘车返，可是在车上遇到灵凤一家老小，他们是到大公司去饮冰的，邀我同去，便跟着他们一同去，饮冰后即返家工作。

八日　晴

一早就到邮政局把丽娟八月份的港币一百元保险寄出，心里舒服了不少，可是她收到一定要在二十号光景了。她一定要着急好几天了。为什么要让她着急呢，想着想着，我又不安起来了。以后还是多花一点汇费电汇给她吧。

从报馆里回来的时候，在邮箱里收到丽娟的九月一日发的信。她告诉我带去的衣料已收到，可惜今年已不能穿了。她说那件衣料她很喜欢。只要她能喜欢，我心里就高兴了。她叫我买两

件呢衣料，当时我就到各衣料店陈列窗去看，可是因为香港天气
还热，秋天的衣料还没有陈列出来，只得空手回来。回来时徐迟
夫妇已去吃马国亮双胞胎的满月酒去了，想到丽娟信上叫我吃得
好一点，趁他们出去吃饭，便吩咐阿四杀了一只鸡，一个人大吃
一顿。说来也可笑，这算是听丽娟的话吧。

九日　晴

上午复了丽娟的信。报馆回来之后，忽然想起，我为什么不
自己出版一点书赚钱呢？我有许多存稿可以出版，例如《苏联文
学史话》，例如《西班牙抗战谣曲选》都是可以卖钱的，为什么不
自己来出版呢？至少，稿费是赚得出来的，或再退一步说，印刷
成本总不会蚀去的。所麻烦的只是发行问题。于是吃过夜饭后，
便去找盛舜商量。他现在做大众生活社的经理，发行是有办法
的。他一口答应给我发行，而且说一千本是毫无问题的，便很高
兴地回来。现在，问题是在一笔印刷费。可是这也不成问题，星
马可以欠账印。从明天起，我该把文学史话的稿子加以整理了。

十日　晴

今天从早晨九时起，一直到晚间二时止，整天地把《苏联文
学史话》用原文校译着，只在下午到报馆里去了一次。

报馆里出来的时候，我去配了一副眼镜，因为原来的一副已
不够深，而且太小了。一共是九元，付了五元定洋，后天就可以
取了。

十一日　晴

上午仍旧校读《史话》，校到下午三时，校毕。到报馆去的时候，就把稿子交给印刷部排。现在，这部稿子还缺两个附录。找到时再补排就是了。

我的还有一部可卖钱的稿子《西班牙抗战谣曲选》是在刘火子那里。可是他的微光出版部现在既已不办，我便可以向他索回来了。当时我曾支过版税国币一百元，合到港币也无几，将来可以还他的。问题是在于他现在肯不肯先把稿子还我。工毕之后，我便打电话约他到中华阁仔饮茶，和他商量这件事。他居然说可以，而且答应后天把稿子还给我。

香港的旧书市

这里有生意经，也有神话。

香港人对于书的估价，往往是会使外方人吃惊的。明清善本书可以论斤称，而一部极平常的书却会被人视为稀世之珍。一位朋友告诉我，他的亲戚珍藏着一部《中华民国邮政地图》，待价而沽，须港币五千元（合国币四百万元）方肯出让。这等奇闻，恐怕只有在那个小岛上听得到吧。版本自然更谈不到，"明版康熙字典"一类的笑谈，在那里也是家常便饭了。

这样的一个地方，旧书市的性质自然和北平、上海、苏州、杭州、南京等地不同。不但是规模的大小而已，就连收买的方式和售出的对象，也都有很大的差别。那里卖旧书的仅是一些变相的地摊，沿街靠壁钉一两个木板架子，搭一个避风雨的遮棚，如此而已。收书是论斤断秤的，道林纸和报纸印的书每斤出价约港币一二毫，而全张报纸的价钱却反而高一倍；有硬面书皮的洋装书更便宜一点，因为纸板"重秤"，中国纸的线装书，出到一毫一斤就是最高的价钱了。他们比较肯出价钱的倒是学校用的教科书，簿记学书，研究养鸡养兔的书等等，因为要这些书的人是非购不可的，所以他们也就肯以高价收入了。其次是医科和工科用书，为的是转运内地可以卖很高的价钱。此外便剩下"杂书"，只得卖给那些不大肯出钱的他们所谓"藏家"和"睇家"了。他们最大的主顾是小贩。这并不是说香港小贩最深知读书之乐，他们对于书籍的处理是更实际一点，拿来做纸袋包东西。其次是学生，像我们这种并不从书籍得到"实惠"的人，在他们是无足重轻的。

旧书摊最多的是皇后大道中央戏院附近的楼梯街，现在共有五个摊子。从大道拾级上去，左手第一家是"龄记"，管摊的是一个十余岁的孩子（他父亲则在下面一点公厕旁边摆废纸摊），年纪最小，却懂得许多事。著《相对论》的是爱因斯坦，歌德是德国大文豪，他都头头是道。日寇占领香港后，这摊子收到了大批德日文学书，现在已卖得一本也不剩，又经过了一次失窃，现在已没有什么好东西了。隔壁是"焯记"，摊主是一个老是有礼貌的中年人，专卖中国铅印书，价钱可不便宜，不看也没有什么关系。他对面是"季记"，管摊的是姐妹二人。到底是女人，收书卖书都差点功夫。虽则有时能看顾客的眼色和态度见风使舵，可是索价总嫌"离谱"（粤语不合分寸）一点。从前还有一些四部丛刊零本，现在却单靠卖教科书和字帖了。"季记"隔壁本来还有"江培记"，因为生意不好，已把存货称给鸭巴甸街的"黄沛记"，摊位也顶给卖旧铜烂铁的了。上去一点，在摩罗街口，是"德信书店",虽号称书店,却仍旧还是一个摊子。主持人是一对少年夫妇,书相当多,可是也相当贵。他以为是好书,就一分钱也不让价,反之,没有被他注意的书,讨价之廉竟会使人不相信。"格吕尼"版的波德莱尔的《恶之华》和韩波的《作品集》,两册只讨港币一元,希米忒的《莎士比亚字典》会论斤称给你,这等事在我们看来,差不多有点近乎神话了。"德信书店"隔壁是"华记"。虽则摊号仍是"华记",老板却已换过了。原来的老板是一家父母兄弟四人,在沦陷期中旧书全盛时代,他们在楼梯街竟拥有两个摊子之多。一个是现在这老地方,一个是在"焯记"隔壁,现在已变成旧衣摊了。因为来路稀少,顾客不多,他们便把滞销的书盘给了现在的管摊人,带着好销一些的书到广州去开店了,听说生意还不错呢。现在的"华记"已不如从前远甚,可是因为地利的关系(因为这是这条街第一个摊子,经荷里活道拿下旧书来卖的,第一先经过他的手,好的便宜的,他有选择的优先权),有时还有一点好东西。

在楼梯街,当你走到了"华记"的时候,书市便到了尽头。那时你便向左转,沿着荷里活道走两三百步,于是你便走到鸭巴甸街口。

鸭巴甸街的书摊名声还远不及楼梯街的大,规模也比较小一点,书类也比较新一点。可是那里的书,一般地说来,是比较便宜点。下坡左首第一家是"黄沛记",摊主是世业旧书的,所以对于木版书的知识,是比其余的丰富得多,可是对于西文书,就十分外行了。在各摊中,这是取价最廉的一个。他抱着薄利多销主义，所以虽在米珠薪桂的时期，虽则有八口之家，他还是每餐可以饮二两双蒸酒。可是近来他的摊子上也没有什么书，只剩下大批无人过问的日文书，和往日收下来的瓷器古董了。"黄沛记"对面是"董莹光"，也是鸭巴甸街的一个老土地。可是人们却称呼他为"大光灯"。大光灯意思就是煤油打气灯。因为战前这个摊子除了卖旧书以外还出租煤油打气灯。那些"大光灯"现在已不存在了，而这雅号却留了下来。"大光灯"的书本来是不贵的，可是近来的索价却大大的"离谱"。据内中人说，因为有几次随便开了大价，居然有人照付了，他卖出味道来，以后就一味地上天讨价了。从"董莹光"走下几步，开在一个店铺中的，是"萧建英"。如果你说他是书摊，他一定会跳起来，因为在楼梯街和鸭巴甸街这两条街上，他是唯一有店铺的——虽则是极其简陋的店铺。管店的是兄弟二人。那做哥哥的人称之为"高佬"，因为又高又瘦。他从前是送行情单的，路头很熟，现在也差不多整天不在店，却四面奔走着收书。实际上在做生意的是他的十四五岁的弟弟。虽则还是一个孩子，做生意的本领却比哥哥更好，抓定了一个价钱之后，你就莫想他让一步。所以你想便宜一点，还是和"高佬"相商。因为"高佬"收得勤，书摊是常常有新书的。可是，近几月以来，因为来源涸绝，不得不把店面的一半分租给另一个专卖翻版书的摊子了。

在现在的"萧建英"斜对面，战前还有一家"民生书店"，是香港唯一专卖线装古书的书店，而且还代顾客装璜书籍号书根。工作不能算顶好，可是在香港却是独一无二的。不幸在香港沦陷后就关了门，现在，如果在香港想补裱古书，除了送到广州去以外就毫无办法了。

鸭巴甸街的书摊尽于此矣，香港的书市也就到了尽头了。此外，东碎西碎还有几家书摊，如中环街市旁以卖废纸为主的一家，西营盘兼卖教科书的"肥林"，跑马地黄泥甬道以租书为主的一家，可是绝少有可买的书，奉劝不必劳驾。再等而下之，那就是禧利街晚间的地道的地摊子了。

（据戴望舒自留剪报，载《时事周报》，
署名戴丞，年月不详）

第 二 辑
山 居 杂 缀

　　抚过云的边缘，抚过崖边的小花，抚过有野兽躺过的岩石，抚过缄默的泥土，抚过歌唱的泉流，你现在来轻轻地抚我了。山风！我敞开窗门欢迎你，我敞开衣襟欢迎你。

山居杂缀

山风岕

窗外，隔着夜的帡幪，迷茫的山岚大概已把整个峰峦笼罩住了吧。冷冷的风从山上吹下来，带着潮湿，带着太阳的气味，或是带着几点从山涧中飞溅出来的水，来叩我的玻璃窗了。

敬礼啊，山风！我敞开窗门欢迎你，我敞开衣襟欢迎你。

抚过云的边缘，抚过崖边的小花，抚过有野兽躺过的岩石，抚过缄默的泥土，抚过歌唱的泉流，你现在来轻轻地抚我了。说啊，山风，你是否从我胸头感到了云的飘忽，花的寂寥，岩石的坚实，泥土的沉郁，泉流的活泼？你会不会说：这是一个奇异的生物！

雨

雨停止了，檐溜还是叮叮地响着，给梦拍着柔和的拍子，好像在江南的一只乌篷船中一样。"春水碧如天，画船听雨眠"，韦庄的词句又浮到脑中来了。奇迹也许突然发生了吧，也许我已被魔法移到苕溪或是西湖的小船中了吧……

然而突然，香港的倾盆大雨又降下来了。

树

路上的列树已斩伐尽了，疏疏朗朗地残留着可怜的树根。路显得宽阔了一点，短了一点，天和人的距离似乎更接近了。太阳直射到头顶上，雨直淋到身上……是的，我们需要阳光，但是我们也需要阴荫啊！早晨鸟雀的啁啾声没有了，傍晚舒徐的散步没有了。空虚的路，寂寞的路！

离门前不远的地方，本来有一棵合欢树，去年秋天，我也还采过那长长的荚果给我的女儿玩的。它曾经娉婷地站立在那里，高高地张开它的青翠的华盖一般的叶子，寄托了我们的梦想，又给我们以清阴。而现在，我们却只能在虚空之中，在浮着云片的碧空的背景上，徒然地描画它的青翠之姿了。像现在这样的夏天的早晨，它的鲜绿的叶子和火红照眼的花，会给我们怎样的一种清新之感啊！它的浓荫之中藏着雏鸟小小的啼声，会给我们怎样的一种喜悦啊！想想吧，它的消失对于我们是怎样的可悲啊！

抱着幼小的孩子，我又走到那棵合欢树的树根边来了。锯痕已由淡黄变成黝黑了，然而年轮却还是清清楚楚的，并没有给苔藓或是芝菌侵蚀去。我无聊地数着这一圈圈的年轮，四十二圈！正是我的年龄。它和我度过了同样的岁月，这可怜的合欢树！

树啊，谁更不幸一点，是你呢，还是我？

失去的园子

跋涉的挂虑使我失去了眼界的辽阔和余暇的寄托。我的意思是说，自从我怕走漫漫的长途而移居到这中区的最高一条街以来，我便不再能天天望见大海，不再拥有一个小圃了。屋子后面是高楼，前面是更高的山；门临街路，一点隙地也没有。从此，我便对山面壁而居，而最使我怅惘的，特别是旧居中的那一片小小的园子，那一片由我亲手拓荒，耕耘，施肥，播种，灌溉，收获过的贫瘠的土地。那园子临着海，四周是苍翠的松树，每当耕倦了，抛下锄头，坐到松树下面去，迎着从远处渔帆上吹来的风，望着辽阔的海，就已经使人心醉了。何况它又按着季节，给我们以意外丰富的收获呢？

可是搬到这里来以后，一切都改变了。载在火车上和书籍一同搬来的耕具：锄头，铁耙，铲子，尖锄，除草耙，移植铲，灌溉壶等等，都冷落地被抛弃在天台上，而且生了锈。这些可怜的东西！它们应该像我一样的寂寞吧。

好像是本能地，我不时想着："现在是种西红柿的时候了"，或是"现在玉蜀黍可以收获了"，或是"要是我能从家乡弄到一点蚕豆种就好了！"我把这种思想告诉了妻，于是她就提议说："我们要不要像邻居那样，叫人挑泥到天台上去，在那里辟一个园地？"可是我立刻反对，因为天台是那么小，而且阳光也那么少，给四面的高楼遮住了。于是这计划打消了，而旧园的梦想却依旧继续着。

　　大概看到我常常为这样思想困恼着吧，妻在偷偷地活动着。于是，有一天，她高高兴兴地来对我说了："你可以有一个真正的园子了。你不看见我们对邻有一片空地吗？他们人少，种不了许多地，我已和他们商量好，划一部分地给我们种，水也很方便。现在，你说什么时候开始吧。"

　　她一定以为会给我一个意外的喜悦的，可是我却含糊地应着，心里想："那不是我的园地，我要我自己的园地。"可是，为了要不使妻太难堪，我期期地回答她："你不是劝我不要太疲劳吗？你的话是对的，我需要休息。我们把这种地的计划打消了吧。"

　　　　　　　　　　　　（载一九四五年七月八日《香岛日报》）

我的辩白

文协港粤各位会员先生：

我不得不承认，在读到诸君在《文艺生活》第二期刊布的那篇《来件二》的时候，我所感到的，是一种超乎沉痛的情感。

我很了解诸君的热情，诸君的良心，诸君的正义感。如果我处于诸君的地位，也许我也会采取和诸君同样的行动，对于自己认为附敌的文人，加以无情的打击。诸君之中也许有人记得，当我以前的妻兄穆时英附逆的时候，便是我亲自在香港文协的大会中揭发他并驱逐他出去的。我绝对同情于诸君的动机，然而，我希望诸君对于我有一个更正确更深切的理解。

也许现在来要求诸君理解是迟了一点，因为我一向以为诸君对于我所处的地位是很明白而不需要多余的解释的，三次的文协座谈会中，诸君从来也没有向我提过质问；在私人之间，诸君也没有向我表示过怀疑；就是在诸君对我提出检举之前，也并没有向我查明事实真相。但是，我始终坚信诸君是具有热情、良心、正义感的人，诸君的检举，也不是对人而是对事，而毫无私人的好恶存在其间的。所以我这迟发的申辩，也是对那种热情、那种良心、那种正义感而发的。

我觉得横亘在我的处境以及诸君的理解之间的，是那日本占领地的黑暗和残酷。因为诸君是生活在自由的土地上，而我却在魔爪下捱苦难的岁月。我曾经在这里坐过七星期的地牢，挨毒打，受饥饿，受尽残酷的苦刑（然而我并没有供出任何一个人）。我是到垂死的时候才被保释出来抬回家中的。从那里出来之后，我就失去一切的自由了。我的行动被追踪，记录，查考，我的生活是比俘虏更悲惨了。我不得离港是我被保释出来的条件，而我两次离港的企图也都失败了。在这个境遇之中，如果人家利用了我的姓名（如征文事），我能够登报否认吗？如果敌人的爪牙要求我做一件事，而这件事又是无关国家民族的利害的（如写小说集跋事），我能够断然拒绝吗？我不能脱离虎口，然而我却要活下去。我只在一切方法都没有了的时候，才开始写文章的（在香港沦陷后整整一年余，我还没有发表过一篇文章，诸君也了解这片苦心吗？）但是我没有写过一句危害国家民族的文字，就连和政治社会有关的文章，我再一个字都没有写过。我的抵抗只能是消极的，沉默的。我拒绝了参加敌人的文学者大会（当时同盟社的电讯，东京的杂志，都已注销了香港派我出席的消息了），我两次拒绝了组织敌人授意的香港文化协会。我所能做到的，如此而已。也许我没有牺牲了生命来做一个例范是我的一个弱点，然而要活是人之常情，特别是生活下去看到敌人的灭亡的时候。对于一个被敌人奸污了的妇女,诸君有勇气指她是一个淫妇吗? 对于一个被敌人拉去做劳工的劳动者,诸君有勇气指他是一个叛国贼吗? 我的情况,和这两者有点类似,而我的苦痛却是更深沉。

有时我惨然地想,如果我迟一个星期不释放而死在牢里,到现在情形也许会不同吧。于是我对自己起了一个疑问:难道朋友们所要求于我的,仅仅是我的牺牲吗? 我难道分得一点胜利的欢乐也是不可能的吗? 我自己呢,我觉得幸而我没有死,能够在等待中活下去,而终于如所愿望地看见敌人的毁灭,看见抗战的胜利,看见朋友的归来。我是带着欣喜感动至于垂泪的感情看到这一切的,我期待从诸君那里得到慰藉、鼓励、爱,从诸君那里得到一切苦难、委屈、灾害的偿报;我是为了这些才艰苦地有耐心地等下去的。就是现在,我也不断地自问着:我没有白等吗?

也许诸君会问我:"你为什么不早点走了呢? 不是每一个有良心的文化人都离开了这个魔岛吗?"这个问题,使我想起了我的几句诗:

……把我遗忘在这里,让我来见见,
做个证人,做你们的耳,你们的眼,
尤其做你们的心,来受苦难,辛艰,
仿佛是大地的一块,让铁蹄蹂践,
仿佛是你们的一滴血,遗在你们
后面……

　　然而这也仅仅是我对自己的一种自解，现实的情形是更个人的；我是一个过分重感情的人，我有一个所爱的妻子和女儿留在上海，而处于无人照料的地位。在太平洋战争未起来之前几个月，我的妻子因为受了刺激（穆时英被打死，她母亲服毒自尽），闹着要和我离婚，我曾为此到上海去过一次，而我没有受汪派威逼溜回香港来这件事，似乎使她感动了，而在战争爆发出来的时候，她的态度已显然地转好了。香港沦陷后，我唯一的思想便是等船到上海去，然后带她转入内地。然而在这个计划没有实现之前，我就落在敌人宪兵队的魔手中了。而更使我惨痛的，就是她后来终于离开了我，而嫁给了附逆的周黎庵了，这就是我隐秘的伤痕。

　　如果解释是需要的，这里便是。我在沦陷期中的作品，也全部在这里，请诸君公览；我在沦陷期中做过什么，也请诸君加以调查，诸君的一切询问，我都愿意答复。我所要求于诸君的，只是公正的判断和不可少的辨正。我这样向诸君的热情、良心、正义感申诉。专此谨致敬礼！

戴望舒谨上二月六日

《鹅妈妈的故事》序引

我很猜得到，小朋友们从书铺子里买到了这本小书之后，是急于翻开第一篇《林中睡美人》或其他题目最称心的故事来看。因此之故，我又何尝不明白，在这样一本趣味丰富的童话集上加一篇序引，虽然是短短的，也终于是一桩虚费的事。

但是，我想，这样一个享受了三百年大名的童话作家和他的最使全世界的儿童眉飞色舞的《鹅妈妈的故事》，到如今，完完全全的介绍给我国的小朋友，那么在这时候，略为写一些介绍的话，似乎也不能算是多事。况且，我又想，虽然名为序引，我却希望小朋友们在这小书中所包含的八篇故事都看完之后，重又翻转书来，读这小引：那么，既可以不先阻了小朋友们的兴趣，又可以使这故事的阅读或听讲者，对于这讲故事的人，有一些较密切的认识，不也是一个较妥善的办法吗？

为了上面的原故，这篇小引便如是写着：

这一本美丽的故事集的作者，沙尔·贝洛尔（Charles

Perrault），是法国人；一六二八年生于巴黎。他的父亲比哀尔·贝洛尔（Pierre Perrault）是一位辩护士。他有三个哥哥，都是很出名的人，尤其是他的二哥，格洛特·加龙省（Claude），始习物理学，继业建筑，所享声名，却也不亚于他。

在幼年时候，八岁零六个月，他被送到波凡学院去读书，但因为他有过人的天才，求知欲的异常的发达，读书的不肯含混，所以曾经与他的教师起了剧烈的辩论。后来，因为过分的厌弃学校生活，他的固执的，自信甚强的癖性，帮助他居然争到了父亲的允许，任他退出学校，自由研究学问。

既放任了他的自由意志，听他精进地独自采索着博大宏深的知识，他的过人的成绩使他在一六五一年，在奥莱益，得了法学硕士的学位。他便回到那浓云密雾的巴黎，执行律师业务。但这时期并不长久。

从一六五四年起，他父亲也在巴黎得了一个较大的官职，他便不再出庭，而改充他父亲的书记。在这时期中，他一方面从事于职务，一方面却依旧沉溺于文学，艺术和其他学问。在一六五七年，他曾用他艺术的素养，帮助他二哥格洛特·加龙省建筑了一所精美绝伦的屋子。这种天才的表现，当时就受知于总理大臣高尔培尔（Colbert）。一六六三年，他受聘为这位总理的秘书，赞襄一切科学，文学，艺术事项。

高尔培尔很钦佩他的才能和人格，很看重他；在一六七一年，高尔培尔便推举他为法兰西学院的会员。在这个光荣的学术团体中，他尽力地秉着他的才干，把它好好地整顿了一番，使法兰西学院树立了永久的基础。

但是，因为他是一个富有进取精神的人，他要革除旧的，建设新的；他要推倒传统思想，树立自由的意志，所以当他有一次在学院中宣读例课的时候，他读了他的一首诗《路易十四时代》，其中有几句话盛赞现代远胜古代。这些诗句，当下引起了文坛的一场论战，尤其是诗人薄阿洛（Boileau），为了袒护古典的光荣起见，在盛怒之下，竟用许多粗暴的辞句来抨击他。他虽然是一个有好脾气，好品格的人，但为了他自己的意志和思想，在一六八八至一六九六年之内便长长地写了一首《古今较》，在这首诗中，他更详细地阐发他的今优于古的见解。于是两方面便旗鼓相当地互施掊击，同时又有许多文人加入了战团，各为自己所信仰的一方面援助。这次论战，虽然并没有显明的胜负分出，但其影响后来却竟波及英国文坛。

一六八三年，他的知遇者高尔培尔死了，他也便结束了他的政务生涯，从此息影家园，笑弄孺子，以了余年。

他很快乐地教导着他的孩子，高兴时便写了些文字。于是在那首《古今较》之外，他又采取了意大利濮加屈（Boccaccio）的故事，用韵文写了一部小说《格利赛利第的坚忍》，一六九一年在巴黎出版。到一六九四年，他又出版了两种韵文故事：《驴皮》和《可笑的愿望》。

但是，因为贝洛尔的天才不能使他在诗人一方面发展，所以他文学的成功却并不在以上几种韵文的著作中。在一六九七年，他将一本散文故事集在巴黎出版了。立刻，欢迎的呼声从法国的孩子口中到全世界孩子口中发出来，从十七世纪的孩子口中到如今二十世纪的孩子口中还在高喊着，法国童话杰出作家贝洛尔的大名，便因此书而不朽。

这本散文故事集，便是我现在译出来给我国的小朋友们看的这一本《鹅妈妈的故事》。

《鹅妈妈的故事》在最初出版的时候，却用的另外一个书名：《从前的故事》。作者的署名是他儿子的名字：贝洛尔·达尔芒戈。因为这一集中所包含的八篇故事——《林中睡美人》，《小红帽》，《蓝须》，《猫主公》或《穿靴的猫》，《仙女》，《灰姑娘》或《小玻璃鞋》，《生角的吕盖》，《小拇指》——都是些流行于儿童口中的古传说，并不是贝洛尔的聪明的创作；他不过利用他轻情动人的笔致把它们写成文学，替它们添了不少的神韵。又为了他自己曾竭力地反对过古昔，很不愿意用他的名字出版这本复述古昔故事的小书，因此却写上了他儿子的名字。

所以他便把这些故事，故意用孩童的天真的语气表出。因了这个假名的关系，又曾使不少人费过思索和探讨，猜了很多时候的谜。

至于这集故事之又名为《鹅妈妈的故事》的原故，也曾经不少人的研究。大部分人以为在一首古代的故事歌中曾说起过一匹母鹅讲故事给她的小鹅儿听，而在这本故事第一版的首页插图中画着一个在纺纱的老妇人，身旁有三个孩子，一个男的和两个女的，在这图下，有着"我的鹅妈妈的故事"的字样，所以便以为贝洛尔是将古代的故事歌中的母鹅人化了而拟出这个书名的。此外，还有许多对于这书名的不同的推解，我想，这于小朋友们没有什么需要，也不必很累赘地费许多文字来多说了。

至于这几篇故事的真价值，我也想，小朋友们当然已能自己去领略，不必我唠唠叨叨地再细述了。但是，有一桩事要先告罪的，就是：这些故事虽然是从法文原本极忠实地译出来的，但贝洛尔先生在每一故事终了的地方，总给加上几句韵文教训式的格言，这一种比较的沉闷而又不合现代的字句，我实在不愿意让那里面所包含的道德观念来束缚了小朋友们活泼的灵魂，竟自大胆地节去了。

最后，还得补说一句：沙尔·贝洛尔是死在一七〇三年，距这本故事集之出版，只有六年；在这六年之中，我们的作者并不曾写过比这本书更著名的故事。

一九二七年十一月六日

（载《鹅妈妈的故事》，开明书店一九二八年十一月初版）

《铁甲车》译序

伊凡诺夫是属于"同路人"之群的一位新俄作家。他是"赛拉皮雍兄弟社"的社员,在这个高尔基所奖掖的文学团体里,我看到产生了新俄的好一些最有才能的作家,如飞晶,曹西兼珂,尼克青等人,而伊凡诺夫是这个团体中的最杰出的一个。

在一八九五(或一八九六)年生于西伯利亚克尔格支旷野的边境,符谢伏罗德·伊凡诺夫是有着高加索种人和蒙古种人的两种血统的。父亲是一位土耳其斯坦军官的私生子,金矿矿工,可是也读过一点书,然而早年就被伊凡诺夫的哥哥所杀害。伊凡诺夫是一个没有亲属的人。他受的教育是很有限的。他当过马戏团的徒弟,魔术师,说书人,小丑,也当过当铺里的伙计,排字工人。他的第一部著作就是亲手排印的。在一九一八年到二〇年这内战时期中,他从事于政治生活,然而他那时对于政治理解却很薄弱。一九二〇年之末,因高尔基的帮助,他才第一次到了彼得堡,加入"赛拉皮雍兄弟社",才算开始了有规则的文学生活。

他在此后几年内对著作非常努力，这里的这本《铁甲车》也就是他到彼得堡之后的第三年在莫斯科出版的。

显然地，因他的复杂而多冒险的生活，伊凡诺夫是一个顽强而新鲜的作家。他描写着雄伟的原始的俄罗斯农民。他对于革命，对于一切，都只有根据本能的认识，因此来描写多元的，在本质上是非组织的农民暴乱，要见其适当，然而他不能真正地把握到革命的真谛，并且他也没有想去把握。他的主要题材是西伯利亚内战，是农民游击队的运动。

这儿的《铁甲车》就是伊凡诺夫的许多写游击队的作品中的一部，而且是公认为最出色的一部同性质的书，此外尚有《各色的风》、《游击队》等。在这部作品里，故事是非常单纯的；作者的努力，我们看得出是要在这单纯的故事之外创造出一种环绕在暴露四周的空气来。

伊凡诺夫的文字，确然并非是最艰深的，有时却很难于翻译，尤其是因为里面常用了许多地方方言之故。本书的译出，系以法译本为根据，与中国所已有的根据日文本的重译，在许多地方都不无出入之处。译者是除了忠于法译本之外便没有其他办法，因此我在这里诚意地希望着能够快有根据原文更完备的译本出现！

一九三二年十月

（载《铁甲车》，上海现代书局一九三二年十一月出版）

《爱经》译本序

　　奥维德全名普布利斯·奥维德·纳索（Publius Ovidius Naso），于公元前四十三年生于苏尔摩，与贺拉斯、卡图鲁斯及维吉尔并称为罗马四大诗人。奥维德髫龄即善吟咏，方其负笈罗马学律时，即以诗集《情爱》为世瞩目。渐乃刻意为诗，浓艳瑰丽，开香奁诗之宗派。卡图鲁斯之后，一人而已。

　　至其生平，无足著录，唯曾流戍玄海之滨，此则为其一生之大关键，《蓬都思书疏》及《哀愁集》即成于此。盖幽凉寂寞之生涯，实有助于诗情之要眇也。唯其流戍之由，亦莫能详，或谓其曾与奥古斯都大帝孙女茹丽亚有所爱恋，遂干帝怒，致蒙斥逐，顾无可征信，存疑而已。要之以作者之才华，处淫靡之时代，醇酒妇人，以送华年，殆至白发飘零，遂多百感苍凉之叹，亦固其所耳。

　　奥维德著述甚富，有《爱经》、《爱药》、《月令篇》、《变形记》、《哀愁集》等各若干卷，均为古典文学之精髓。今兹所译

《爱经》（Ars Amatoria）三卷，尤有名。前二卷成于公元前一年，第三卷则问世稍后，然皆当其意气轩昂，风流飚举之时。以缤纷之辞藻，抒士女容悦之术，于恋爱心理，阐发无遗，而其引用古代神话故事，尤见渊博，故虽遣意狎亵，而无伤于典雅；读其书者，为之色飞魂动，而不陷于淫佚，文字之功，一至于此。呀，可赞矣！奥氏晚岁颇悔其少作，而于《爱经》尤其悔艾，因作《爱药》以为盖愆。顾和凝《红叶》之集，羡门《延露》之词，均以晚年收毁而愈为世珍；古今中外，如出一辙也。

　　诗不能译，而古诗尤不能译。然译者于此书，固甚珍视，遂发愿以散文译之，但求达情而已。至所据版本，则为昂利·包尔奈克（Henri Bornecque）教授纂定本，盖依巴黎图书馆藏十世纪抄本，及牛津图书馆藏九世纪抄本所校订者也。

《紫恋》译后记

高莱特女史，她的全名是西陀尼·迦字丽爱儿·格劳第·高莱特（Sidonie Galrielle Claudine Colette）。她是现代法国著名的女小说家，戏剧家，新闻记者，杂志编辑及女优，法国人称之为"我们的伟大的高莱特"。她生于一八七三年正月二十八日，在堡根第的一个名叫圣苏佛的小城里。她是茹尔·约瑟及西陀尼·高莱特夫妇的女儿。

高莱特女史从小就爱读书，她在圣苏佛一个旧式小学校里读书的时候，曾遍读了佐拉、梅里美、雨果、缪赛、都德等人的著作，但是对于那种孩子气十足的贝洛尔童话之类的书籍，她却不喜欢读。

一八九〇年，因为家庭经济关系，她跟着父母迁到邻城高里尼去。两年以后，高莱特女史与益利·戈谛哀·维拉尔（Henri Gauthier Villars）结了婚。维拉尔比她年长十四岁，是一个音乐批评家，同时又是以维利（Willy）这个署名在巴黎负盛名的"礼拜六派"小说家。结婚之后，高莱特女史常常将她在学生时代的有趣味的故事讲给维利听，供他以小说材料，因此维利也常常觉得他的妻子也有着能够写小说的天才。

于是在一八九六年，当他们夫妇旅行了瑞士及法国回来之后，高莱特女史开始自己写小说了。在一九〇〇年，她的处女作《格劳第就学记》出版了。这部书是用维利这署名出版的，虽她取材于幼年时的学校生活，但并不是一种狭义的自传式的小说。这书出版以后，毁誉蜂起，但大家都一致地不相信是维利著的。

从此以后，高莱特女史跻上了法国的文坛。《巴黎少女》（一九〇一）、《持家的格劳第》（一九〇二）、《无辜之妻》（一九〇三）这一套连续性的小说次第地印行了，而书中自传性也逐渐地隐灭了。一九〇四年，她出版了一本清隽绝伦的小品《兽之谈话》，在这部书中，她泄露了深挚的对于动物的慈爱。

一九〇六年，她与维利离婚之后，曾经有一时在哑剧院中演过戏。但是在这种不安定的生活中，她还继续著作。从一九一〇年起，她每年有一部新著出版。

一九一〇年是高莱特女史的著作生活及私生活两方面的重要年份。在著作生活上，她这年出版了《核耐》《恋爱的流浪女》，这是一个离婚了的妇人，一个女优的自叙。这是她第一部重要的著作，有许多人都以此书不得龚果尔奖金为可惜的。在私生活方面，则她在这年中与盎利·特·茹望耐尔（Henri de Juvenel），一个著名的政治家及外交家，结了婚。从此以后，在一九一三年，她出版了《核耐》的续编《再度被获》。

一九一三年到一九一九年这时期，是欧洲最活动最多事的时期，但也是高莱特女史最活动最多事的时期。她除了替《晨报》写许多短篇小说之外，同时还是一个别的报纸上的剧评家，一家书局的编辑，又在《斐迦洛》、《明日》、《时尚》这三家报馆中担任分栏主笔。在大战期中，她又曾当过看护，并且把她丈夫的财产捐助给一所在圣马洛附近的医院。

从一九一九年出版的《迷左》这部短短的小说开始，高莱特女史的倾向于一种极纤微的肉感的描写，格外显著而达到了纯熟的顶点了。一九二〇年出版了《紫恋》〔原名《宝宝》（Chéri），注：男女间亲狎之称也〕，描写一个青春年纪的舞男（Gigolo）与一个初入老境的女人的恋爱纠纷。那女人自信有永远把那青年魅惑着的能力，而那青年虽然在与另外一个美貌的少女结婚之后，竟还禁抑不住他对于那个年纪长得可以做母亲的旧情妇的怀恋。于是在挣扎了种种心理及肉体的苦恼之后，他决然舍弃了他的新娘，而重行投入他的旧情妇的怀里。然而，在一瞥见他的旧情妇未施脂粉以前的老态，一种从心底下生出来的厌恶遂不可遏止了。当那风韵犹存的妇人满心怀着的最后之胜利的欢喜尚未低落之前，一个因年老色衰而被弃的悲哀已兜上心来了。在这样的题材下，高莱特女史以她的极柔软的笔调写了这主角二人及其他关系人物的微妙的感觉、情绪与思想。在巴黎，不，差不多全个法国、全个欧洲，或者竟是全世界的读书界中，激动了一阵热烈的称赞。于是这本短短的小说一下子就销行了一百版以上。直到一九二六年，作者还为了餍足读者的欲望起见，出版了《紫恋》

的续编：《宝宝的结局》。

在法国并世作家中，高莱特女史是一个有名的文体家。她在著作的时候非常注意着她的文体。她曾说："我从来没有很容易地写作过，我常常有许多地方要改之又改，删了一些，或是增加一些，在校对的时候，我还要有一些改动的。"又说："我不能在脑子里组织我的文章，我必须在动手写的时候，一面写一面组织。"从这两句话中，我们可见这位被称为"有着文体的天才"的女作家对于她自己的作品是何等的重视，而我们即使从经过了译者的拙笔也还可以感觉得到的她那特殊纤美的风格，又是怎样的绝非得之于偶然啊！

（一九三四年七月译者记）

（载《紫恋》，光明书局一九三五年四月初版）

《星座》创刊小言

连日阴霾，晚间，天上一颗星也看不见，但港岸周遭明灯千万，也仿佛是繁星的罗布。倘若你真想观赏星，现在是，在这阴霾的气候，只好权且拿这些灯光来代替了。

沉闷的阴霾的气候是不会永远延续下去的。它若不是激扬起更可怕的大风暴，便是变成和平的晴朗天。大风暴一起，非但永远没有了天上那些星星，甚至会毁灭了港岛上这些权且代替星星的灯光，若是这些阴霾居然有开雾的一天，晴光一放，夜色定然比往昔更为清佳，不但有灿烂的星，更有奇丽的月，那时，港湾里的几盏灯光还算得什么呢。

《星座》现在寄托在港岛上。编者和读者当然都盼望着这阴霾气候之早日终结了。晴朗固好，风暴也不坏，总觉得比目下痛快些。但是，若果不幸还得在这阴霾气候中再挣扎下去，那么，编者唯一渺小的希望，是《星座》能为它的读者，忠实地代替了天上的星星，与港岸周遭的灯光同尽一点照明之责。

（载一九三八年八月一日《星岛日报》）

望舒诗论

一、诗不能借重音乐，它应该去了音乐的成分。

二、诗不能借重绘画的长处。

三、单是美的字眼的组合不是诗的特点。

四、象征派的人们说："大自然是被淫过一千次的娼妇。"但是新的娼妇安知不会被淫过一万次。被淫的次数是没有关系的，我们要有新的淫具，新的淫法。

五、诗的韵律不在字的抑扬顿挫上，而在诗的情绪的抑扬顿挫上，即在诗情的程度上。

六、新诗最重要的是诗情上的 nuance 而不是字句上的 nuance。

七、韵和整齐的字句会妨碍诗情，或使诗情成为畸形的。倘把诗的情绪去适应呆滞的，表面的旧规律，就和把自己的足去穿别人的鞋子一样。愚劣的人们削足适履，比较聪明一点的人选择较合脚的鞋子，但是智者却为自己制最合自己的脚的鞋子。

八、诗不是某一个官感的享乐，而是全官感或超官感的东西。

九、新的诗应该有新的情绪和表现这情绪的形式。所谓形式，决非表面上的字的排列，也决非新的字眼的堆积。

十、不必一定拿新的事物来做题材（我不反对拿新的事物来做题材），旧的事物中也能找到新的诗情。

十一、旧的古典的应用是无可反对的，在它给予我们一个新情绪的时候。

十二、不应该有只是炫奇的装饰癖，那是不永存的。

十三、诗应该有自己的 originalite，但你须使它有 cosmopolite 性，两者不能缺一。

十四、诗是由真实经过想象而出来的，不单是真实，亦不单是想象。

十五、诗应当将自己的情绪表现出来，而使人感到一种东西，诗本身就像是一个生物，不是无生物。

十六、情绪不是用摄影机摄出来的，它应当用巧妙的笔触描出来。这种笔触又须是活的，千变万化的。

十七、只在用某一种文字写来，某一国人读了感到好的诗，实际上不是诗，那最多是文字的魔术。真的诗的好处不就是文字的长处。

《现代》编者缀言：戴望舒先生本来答应替这一期《现代》写一篇关于诗的理论文章，但终于因为他正急于赴法，无暇执笔。在他动身的前夜，我从他的随记手册中抄取了以上这些断片，以介绍给读者。想注意他的诗的读者，一定对于他这初次发表的诗论会得感受些好味道的。

（载《现代》第二卷第一期）

读者、作者与编者

　　我不曾在创刊号的《星座》上写文章，但是我却看过那一天的星座，因此，我与星座的关系是以读者来开始的，接着我便成了星座的经常寄稿者，这关系一直继续了许多年，而现在，更轮到我扮演一张报纸副刊不可缺的三个角色之中的最后一个角色了，一年多以来，我承乏了编者的职务。

　　从读者，作者到编者，论这过程中的滋味，也许有人羡慕说是渐入佳境。但从身历的经验来说，从前是可以耸耸肩膀随意指摘别人的，现在则忍气吞声一变而为承受一切指摘的箭靶了。也许有人羡慕舞台上画着白鼻或插着将旗的角色，但我认为最自由快乐的仍是台下的观众，他们不仅可以随意喝倒彩，而且还可以一走了事。从读者变成编者，简直是从骑在牛背上的牧童变成被人牵着鼻子的老牛了。

　　既然变成了牛，就得尽牛的本分。好在《星座》这一块园地，由于前人的耕耘勤恳，土质是相当肥沃的。今后如能约略有一点收获，那是前人勤勉的余泽，若是有什么碍脚的莠草和荆棘，那是老牛的疏忽，敢请读者不吝鞭策，以便这条老牛可以像我们的胡博士那样，"拼命向前"。

（载一九八五年二月《香港文学》）

谈林庚的诗见和"四行诗"

　　关于"四行诗"，林庚先生已写过许多篇文章了，如他在《关于北平情歌》一文中所举出的《什么是自由诗》,《关于四行诗》,《无题之秋序》,《诗的韵律》,《诗与自由诗》等等，以及这最近的《关于北平情歌》。一位对于自己的诗有这样许多话说的诗人是幸福的，因为如果他没有说教者的勇气（但我们已看见一两位小信徒了），他至少是有狂信者的精神的。不幸这些文章我都没有机缘看到，而在总括这几篇文章之要义的《关于北平情歌》中，我又不能得到一个林先生的主张之正确的体系。

　　第一，林先生以为自由诗和韵律诗的分别，只是"姿态"上的不同（提到他的"四行诗"的时候，他又说是"风格"的不同，而"姿态"和"风格"这两个不大切合的辞语，也就有着"不同"之处了），而说前者是"紧张惊警"，后者是"从容自然"。关于这一点，我们不知道林先生的论据之点是什么？是从诗人写作时的态度说呢，还是从诗本身所表现的东西说？如果就诗人写作时的态度说呢，则韵律诗也有急就之章，自由诗也有经过了长久的推敲才写出来的。如果就诗本身所表现的东西来说呢，则我们所碰到的例子，又往往和林先生所说的相反。如我的大部分的诗作，可以加之以"紧张惊警"这四个绝不相称的形容词吗？郭沫若、王独清的大部分的诗，甚至那些口号式的"革命诗"（这些都不是"四行诗"，然而都是音调铿锵的韵律诗），我们能说它们是"从容自然"的吗？

我的意思是，自由诗与韵律诗（如果我们一定要把它们分开的话）之分别，在于自由诗是不乞援于一般意义的音乐的纯诗（昂德莱·纪德有一句话，很可以阐明我的意思，虽则他其他的诗的见解我不能同意；他说，"……句子的韵律，绝对不是在于只由铿锵的字眼之连续所形成的外表和浮面，但它却是依着那被一种微妙的交互关系所合着调子的思想之曲线而起着波纹的"）。而韵律诗则是一般意义的音乐成分和诗的成分并重的混合体（有些人竟把前一个成分看得更重）。至于自由诗和韵律诗这两者之孰是孰非，以及我们应该何舍何从，这是一个更复杂而只有历史能够解决的问题。关于这方面，我现在不愿多说一句话。

其次是关于林庚先生的"四行诗"是否是现代的诗这个问题。在这一方面，我和钱献之先生和另一些人同意，都得到一个否定的结论。从林庚先生的"四行诗"中所放射出来的，是一种古诗的氛围气，而这种古诗的氛围气，又绝对没有被"人力车"，"马路"等现在的噪音所破坏了。约半世纪以前捃扯新名词以自表异的诗人们夏曾佑，谭嗣同，黄公度等辈，仍然是旧诗人；林庚先生是比他们更进一步，他并不只拮扯一些现代的字眼，却拮扯一些古已有之的境界，衣之以有韵律的现代语。所以，从表面上看来，林庚先生的四行诗是崭新的新诗，但到它的深处去探测，我们就可以看出它的古旧的基础了。现代的诗歌之所以与旧诗词不同者，是在于它们的形式，更在于它们的内容。结构，字汇，表现方式，语法等等是属于前者的；题材，情感，思想等等是属于后者的；这两者和时代之完全的调和之下的诗才是新诗。而林庚的"四行诗"却并不如此，他只是拿白话写着古诗而已。林庚先生在他的《关于北平情歌》中自己也说："至于何以我们今日不即写七言五言，则纯是白话的关系，因为白话不适合于七言五言。"从这话看来，林庚先生原也不过想用白话去发表一点古意而已。

这里，我应该补说：古诗和新诗也有着共同之一点的。那就是永远不会变价值的"诗之精髓"。那维护着古人之诗使不为岁月所斫伤的，那支撑着今人之诗使生长起来的，便是它。它以不同的姿态存在于古人和今人的诗中，多一点或少一点；它像是一个生物，渐渐地长大起来。所以在今日不把握它的现在而取它的往昔，实在是一种年代错误（关于这"诗的精髓"，以后有机会我想再多多发挥一下）。

现在，为给"林庚的四行诗是否是白话的古诗"这个问题提出一些证例起见，我们可以如此办：

一、取一些古人的诗，将它们译成林庚式的四行诗，看它们像不像是林庚先生的诗；

二、取一些林庚先生的四行诗，将它们译成古体诗，看它们像不像是古人的诗。

我们先举出第一类的例子来，请先看译文：

日日

春光与日光争斗着每一天
杏花吐香在山城的斜坡间
什么时候闲着闲着的心绪
得及上百尺千尺的游丝线（译文一）

这是从李义山的集子里找出来的，但是如果编入《北平情歌》中，恐怕就很少有人看得出这不是林庚先生的作品吧。原文是：

日日春光斗日光
山城斜路杏花香
几时心绪浑无事
及得游丝百尺长（原文一）

我们再来看近人的一首不大高明的七绝的译文：

离家

江上海上世上飘的尘埃

在家人倒过出家人生涯

秋烟已远了的蓼花渡口

逍遥的鸥鸟的心在天外（译文二）

这是从最新寄赠新诗社的一本很坏的旧诗集《豁心集》（沉
迹著）中取出来的。原文如下：

江海飘零寄世尘

在家人似出家人

蓼花渡口秋烟远

一点闲鸥天地心（原文二）

这种滥调的旧诗，在译为白话后放在《北平情歌》中，并不
会是最坏的一首。因此我们可以说，把古体诗译成林庚先生的
"四行诗"是既容易又讨好。

现在，我们来举第二类的例子吧。这里是不脱前人窠臼的两
首七绝和一首七律：

偶得

春愁恰似江南岸
水满桥头渐觉时
孤云一朵闲花草
簪上青青游子衣（译文三）

古城

西风吹得秋云散
断梦荒城不易寻
瓦上青天无限远
宵来寒意恨当深（译文四）

爱之曲

黄昏斜落到朱门
应有行人惜旅人
车去无风经小巷
冬来有梦过高城
街头人影知难久
墙上消痕不再逢

回首青山与白水
载将一日倦行程（译文五）

这三首诗是从《北平情歌》中译出来的，《偶得》见第三十三页，《古城》见第六十一页，《爱之曲》见第六十七页，译文和原文并没有很大的差异（第三首第四句改变了一点），最后一首，连韵也是步原作的。我们看原文吧：

春天的寂寞像江南草岸
桥边渐觉得江水又高涨
孤云如一朵人间的野花
便落在游子青青衣襟上（《偶得》）

西北风吹散了秋深一片云
古城中的梦寐一散更难寻
屋背上蓝天时悠悠无限意
黄昏来的冻意惆怅已无穷（《古城》）

都市里的黄昏斜落到朱门
应有着行人们怜惜着行人
小巷的独轮车无风轻走过
冬天来的寒意天蓝过高城
街头的人影子拖长不多久

红墙上的幻灭何处再相逢

回头时满眼的青山与白水

已记下了惆怅一日的行程(《爱之曲》)

这就证明了把林庚先生的"四行诗"译成古体诗也是并不困难而且颇能神似的。

这些所证明的是什么呢？它们证明了林庚先生并没有带了什么东西给现代的新诗；反之，旧诗倒给了林庚先生许多帮助。从前人有旧瓶装新酒的话，"四行诗"的情形倒是新瓶装旧酒了；而这新瓶，实际也只是经过了一次洗刷的旧瓶而已。

在许多新诗人之间，林庚先生是一位有才能的诗人，《夜》和《春野与窗》曾给过我们一些远大的希望，可是他现在却多少给与我们一些幻灭了。听说林庚先生也常常写"绝句"（见英译《中国现代诗选》），那么或者他还没有脱出那古旧的桎梏吧。在采用了这"四行诗"的时候，林庚先生就好像走进了一个大森林中一样，他好像他可以四通八达，无所不至，然而他终于会迷失在里面。

而且林庚先生所提创的"四行诗"，还会生一个很坏的影响，那就是鼓励起一些虚荣的青年去做那些类似抄袭的行为，大量地产生一些拿古体诗来改头换面的新诗，而实际上我们的确也陆续看到了几个这一类的例子了。

（载一九三六年十一月《新诗》第一卷第二期）

梅里美小传

　　泊洛思彼尔·梅里美（Prosper Mérimée）于一八○三年九月二十八日生于巴黎。他的父亲约翰·法杭刷·莱奥诺尔·梅里美（Jean Graneois Léonor Mérimée）是一个才气平庸的画家和艺术史家；他的母亲安娜·毛荷（Anna Moreau）也是一位画家。

　　在这艺术家，同时又是中流阶级者的环境中，是没有感伤成分的，只有明了、良知和某种干燥的冷淡。在那再现着古典的、正确的、遒劲的、规则的图画的画室中，眼睛是惯于正确地观察事物，手是惯于切实地落笔挥毫，所以，在这环境当中长大起来的梅里美，便惯于正确地思想了。

　　幼年的梅里美，是没有什么出人头地的地方，他是一个少年老成的孩子。从一八一一年起，他进了亨利四世学校，在学校里引起他同学的注意的，只是他衣服穿得很精致（这是他母亲的倾向），英文说得很流利而已。因为他的父亲——他和许多英国的艺术家如霍尔克洛甫特（Holcroft），诺尔柯特（Northcote），威廉·海士里特（William Hazlitt）等人都是老朋友——在他很小的时候就教他读英文。他真正的教育，我们可以说是从他的父母那儿得来的。

因此，他很早便显出修饰癖和英国癖：这便是梅里美的持久的特点。

在十八岁时（一八二〇年），他离开了中学。他对于绘画颇有点天才，可是他的在艺术上没有什么大成就的父亲，却劝他不要习画，于是他便去学法律。他毫无兴味地没精打采地读了五年法律，他的时间大都是消磨在个人的读书和工作上，他同时学习着希腊文、西班牙文和英文。他很熟悉赛尔房提斯（Cervantes）、洛贝·代·凡加（Lope de Vega）、加尔代龙（Calderon）和莎士比亚。他背得出拜伦（Byron）的《东荒》（Don Juan）。同时，他还研究着神学、兵法、建筑学、考铭学、古泉学、魔术和烹调术。他什么都研究到。

但是他的知识欲也并不是没有限制的。在梅里美，只有具体是存在的。纯哲学和纯理学他是不去过问的。他厌恶一切空泛的东西。他只注重客观的世界。他可以说是一个古物学家和年代史家：他以后的著作，全包括在这两辞之中。

他也憎厌一切情感的、纯粹抒情的、忧伤的诗情的东西。当然，他是读着何仙（Ossian）和拜伦。但是，他在"芬加尔之子"的歌中所赏识的，是加爱尔（Gaëls）的文化的色彩，而《东荒》在他看来，也只是一种智能的讽刺和活动的故事而已。自一八二〇年至一八二五年，他和巴黎的文人交游，他往来于许多"客厅"之间。他认识了缪赛（Alfredde Musset），斯当达尔（Stendhal即 Henribeyle 的笔名），圣·佩韦（Sainte Beuve），古崂（Viotor Cousin），昂拜尔（J. J. Ampère），吉合尔（Gérard），特拉阔（Delacraix）等文士和艺术家。他特别和斯当达尔要好，因为，据朗松（Lanson）说："他们两人气味相投，憎恶相共。他们两人都爱推翻中流阶级的道德；他们两人都是冷淡无情的，都是观察者；他们嘲笑着浪漫的热兴；他们两人都有心理学的气质。"那时斯当达尔比梅里美大二十岁，已经以《合西纳和莎士比亚》和《恋爱论》得名了。他使他这位青年的朋友受了很大的影响。

　　一八二四年是浪漫派战争爆发的一年。梅里美倾向哪一方面去呢？倾向古典派呢，还是浪漫派？他是青年人，所以，他便应当归浪漫派。然而他却忍耐而缄默着。一切的激昂都使他生厌。他赞成原则而反对狂论。他加入了浪漫派的战线，他先做了一篇散文的诗剧《战斗》（Bataille），完全是受的拜伦的影响，接着又在一天星期日在 Debats 报的文学批评者德莱克吕士（Delecluze）家里宣读他的莎士比亚式的诗剧《克朗威尔》（Cromwell）。这诗剧现在一行也没有遗传下来，我们所知道的，只是那是越了一切古典的程序规范的而已。最后又在 Globe 报上发表了四篇关于西班牙戏曲艺术的论文（一八二四年九月间）。

　　不久，他做了五篇浪漫的戏曲，假充是从一个西班牙戏曲家 Clara Gazul 那儿译过来的。其中有一篇《在丹麦的西班牙人》（Les Espagnols en Danemark），是很不错的，其余的却只是胡闹。他还假造了 Clara Gazul 的传记、注译等等。这种假造是被人很容易地揭穿了。除了一切青年文士的推崇外，这部书并没有什么大成就。只有一位批评家——梅里美的朋友昂拜尔捧他，说"我们有一个法兰西的莎士比亚了"！在一八二七年，他又造了一件假货。一本书出来了，是在斯特拉斯堡（Strasbourg）印的，里面包含二十八首歌，题名为《单弦琴或伊力里亚诗选》（La Guzla au choix de Poésies Illyriques），说是一个侨寓在法国的意大利人翻译的。当然，里面还包含许多的关于语言学的研究，一篇关于巴尔干的民俗的论文，和一篇关于原著者的研究。

实际上，这本"单弦琴"从头至尾是梅里美做的。他在这本书的第二版（一八四二）的序文上自己也源源本本地讲出来了。

那时，这位法国的莎士比亚和他的批评家昂拜尔想到意大利和阿特阿特克海岸去旅行。什么都不成问题，成问题的只是钱。于是他们想一个妙法，便是先写一本旅行记，弄到了钱作旅费，然后去看看他们有没有描写错。为了这件事，梅里美不得不去翻书抄书。可是出版之后，却没有卖了几本，这可叫梅里美大失所望。可是歌德却上了他一个当，把这部书大大地称赏了一番。

在一八二八年他发表了一本 La Jaquerie。这是一种用历史上的题材做的戏曲，但是似乎太散漫了。此书出版后，梅里美便到英国去了。在英国（一八二八年四月至十一月），他认识了将来英国自由党的总秘书爱里思（Ellice）和青年律师沙东·夏泊（Sutton Sbarpe）。后者是一个伦敦的荡子，后来做了梅里美在巴黎的酒肉朋友。

在他的远游中，出了一本 Eam ill ed Ecarvajal（一八二八年），依然是一本无足重轻的东西。

回国后，他发表了两篇西班牙风味的短剧 Carrosse du Saint Saereman（一八二九年六月）和 Oceasion（一八二九年十二月）。这两篇编入当时再版的 Clara Gazul 戏曲集中，在全书中可以算是最好的了。

同年，Chronique du tempsde Charles IX 出版了（后来梅里美把 temps 改为 règne）。这是梅里美显出自己的长处来的第一本书，里面包含着一列连续的，但是也可以说独立的短篇故事。正如以前的戏曲 La Jaquerie 一样，原是借旧材料写的，但是艺术手腕却异常的高。这部书在当时很轰动一时，我们可以说是像英国的施各德（Walter Scott），但比施各德还紧凑精致。

在一八二九年，他还在《两世界》杂志上发表了他的独立的短篇小说：马代奥·法尔高纳（Mateo Falcone）《炮台之袭取》（L'Enlèvementde la redoute），《查理十一世的幻觉》（La Vision de Charles XI），《达曼果》（Tamango）和《托莱陀的珍珠》（La Perle de Tolède），都是简洁精致，可算是短篇中的杰作。在经过最初的摸索之后，梅里美便渐渐地使他的艺术手腕达于圆熟之境了。他从沙维艾·德·美斯特尔（Xavier de Maistre），第德罗（Diderot），赛尔房提斯（Cervantes）学到了把一件作品范在一个紧凑的框子里，又在这框子里使人物活动的艺术，他从浪漫派诸人那里采取了把作品涂上色彩，又把人物生龙活虎地显出来的方法，他从那由斯当达尔领头的文社那儿理会到正确、简洁的手法。他集合众人的长处而造成了他自己个人的美学。

在一八三〇年，他旅行到西班牙去。在旅行中，他在《巴黎》杂志上发表了五封通信，那是他在马德里和伐朗西亚写的。在这次旅行他所做的许多韵事中，他可能地认识了那位他后来借来做《珈尔曼》的主角的吉卜赛女子。但他也认识了好些显贵的人们，他和德·戴巴（后名德·蒙谛约）伯爵夫妇做了朋友，他抱过那后来成为法国的皇后的他们的四岁的小女儿。

正在他的旅行期中，法国起了一次革命。当他回国的时候，他便毫不费力地加入胜利者一方面了。他与勃劳季尔家（Brogile）和阿尔古伯爵（Comted'Argout）有亲友关系，因而进了国务院。他在那里过了三年的放诞生活，什么事也不干，尽管是玩。据他自己说："在那个时候，我是一个极大的无赖子。"直到和乔治·桑发生了一度短促而"可恨"的关系后，他才放弃了那种无聊生活，而回到文学中，写了一篇 Double Méprise（一八三三年九月）。

在一八三五年，梅里美被任为历史古迹总监察。从那时起，他便埋头用功读书，对于理论和纯粹批评的著作得了一种兴味。他异常忙碌，要工作，要做报告，因而文学便只能算是消遣品了。他的职务使他每年不得不离开巴黎几个月。他四处都走到，从而收集了许多材料。这些札记或印象，梅里美并未全用在他所发表的作品上，大部分都可以在他和友人的通讯上找到。

从一八三五年到一八四〇年这五年中，梅里美是一心专注在他的新事业上，他的唯一的文学作品（但也还是染着他的古学的研究的色彩的），便是他自己认为杰作的 Vénusdel'Ille。在一八三九年和一八四〇年，他游历意大利、西班牙（这是第二次了）和高尔斯。

这次游历的印象的第一个结果，便是《高龙芭》。这是他在周游过高尔斯回来之后起草的。在这本书里，我们可以看到梅里美的艺术手腕已到了它的最高点。他的一切的长处都凝聚在这本书里：文体的简洁和娴雅，布局的周密和紧凑，描写的遒劲和正确，人物的个性和活跃，对话的机智和自然，在不断的冲突中的心理的分析的细腻，地方色彩的浓厚和鲜明。所以，虽则梅里美自己说 Vénusdel'Ille 是他的杰作，但大部分的批评家却都推举这一部《高龙芭》。（《高龙芭》里的女主角高龙芭，并非完全是由梅里美创造出来的，那是实有其人的，梅里美不过将她想象化了一点而已。）

意大利的旅行和罗马艺术的研究，引起了他对于古代的兴味。在一八四一年，他发表了两篇罗马史的研究：《社会战争》（La Guerre Sociale）和《加谛里拿的谋反》（La Conjurationde Catilina）。在一八四二年，他一直旅行到希腊、土耳其、小亚细亚。回到巴黎后，他发表了他的《雅典古迹的研究》（一八四二），几月之后，又发表了他的《中世纪的建筑》。

一八四三年十二月十八日，法国国家学院选他为会员（这是由于他的《高龙芭》）。这时梅里美不知怎地又写了一篇小说：Arsène Guillot。但是这本书却颇受人非难。第二年，《珈尔曼》出来了，这是一本一般人很爱读的书，但是，正确地说起来，是比不上《高龙芭》和 Arsène Guillot 的。

在四十三岁的时候，发表了他的《何般教士》（l'AbbeAubain）（一八四六）后，他忽然抛开了他的理想的著作了。他以后整整有二十年一篇小说也没有写。从一八四六年至一八五二年这七年间，他写了《侗·贝特尔第一的历史》（Histoire de Don Pèdreier），他研究俄国文学，他介绍普希金（Poushkin），哥果尔（Gogol），并翻译他们的作品，他研究，他作批评文，他旅行。在一八五二年的时候，他丧了他的慈母——这在他是一个大打击，那时候，他已快五十岁了，他身体也渐趋衰弱了。可是在一八五三年，拿破仑三世和梅里美旧友德·蒙谛约伯爵夫人的女儿结了婚。那个他从前曾经提携过的四岁的小女孩，现在便做了法国的皇后了。大婚后五月，梅里美便进了元老院。于是我们的这位小说家，便成为宫中的一个重要角色了。他过度着锦衣足食的生涯，然而他却并不忘了他的著述，那时如果他不在他的巴黎李勒路（Rue Delille）的住宅里，不在宫里，他便是在继续的旅行中：有时在瑞士，有时在西班牙，有时又在伦敦。

在一八五六年，他到过苏格兰；几月之后，他淹留在罗若纳（Lausanne）；一八五八年，他继续地在艾克斯（Aix），在伦敦，在枫丹白露（Fontainebleau），在意大利。在一八六二年，他出席伦敦的博览会审查会；他受拿破仑三世之托办些外交上的事件。

在这种活跃之下，梅里美渐渐地为一种疲倦侵袭了。他感到生涯已快到尽头；自从他不能"为什么人写点东西"以来，他已变成"十分真正的不幸了"。接着疾病又来侵袭他。为了养病，他不得不时常到南方的加纳（Cannes）去，由他母亲的两个旧友爱佛思夫人（Mrs. Evers）和赖登姑娘（Miss Lagden）照料着他。

守了二十年的沉默，在一八六六年，梅里美又提起笔来写他的小说了。可是重新提起他的小说家的笔来的时候，我们的《高龙芭》、《珈尔曼》的作者，却发现他的笔已经锈了。

《青房》（La Chambre bleue，一八六六）和《洛季斯》（Lokis，一八六六）都是远不及他以前的作品。不但没有进展，他的艺术是退化了。另一方面，他的病也日见沉重。在一八七〇年九月八日他被人扶持到加纳，十五天之后，九月二十三日，他便突然与世长辞，在临死前他皈依了新教，这是使他的朋友大为惊异的。他的遗骸葬在加纳的公墓里。

保尔·蒲尔惹评传

　　保尔·蒲尔惹（Paul Bourget）于一八五二年九月二日生于法国索麦州（Somme）之阿绵县（Amiens），为法兰西现存大小说家之一。虽则跟随着他的年龄，跟随着时代，他的作品也已渐渐地老去了，褪色了，但他还凭着他的矍铄的精神，老当益壮的态度，在最近几年给我们看了他的新作。他的这些近作固然不值得我们来大书特书，但是他的过去的光荣，他在法兰西现代文学史上的地位，却是怎样也不能动摇的。

　　他的家世是和他的《弟子》的主人公洛贝·格勒鲁的家世有点仿佛。他的父亲于斯丹·蒲尔惹（Justin Bourget）是理学士，他的祖父是土木工程师，他的曾祖是农人。在母系方面，他的母亲是和德国毗邻的洛兰州（Lorraine）人，血脉中显然有着德国的血统。这些对于蒲尔惹有怎样的影响，我们可以从《弟子》第四章《一个现代青年的自白》第一节"我的遗传"中看到详细的解释。

在他出世的时候，他的父亲是在索麦的中学校里做数学教员，以后接连地迁任到斯特拉斯堡（Strasbourg），格莱蒙·费朗（Clermont Ferrand），而在那里做了理科大学的教授。蒲尔惹的教育，便是在格莱蒙开始的。《弟子》的《一个现代青年的自白》中所说的"他利用了山川的风景来对我解释地球的变迁，他从那里毫不费力地明白晓畅地说到拉伯拉思的关于星云的假定说，于是我便在想象中清楚地看见了那从冒火焰的核心中跳出来，从那自转着的灼热的太阳中跳出来的行星的赤焰。那些美丽的夏夜的天空，在我这十岁的孩子眼中变成了一幅天文图；他向我讲解着，于是我便辨识了那科学知道其容积、地位和构成金属的一切，可望而不可即的惊人的宇宙。他教我搜集在一本标本册中的花，我在他指导之下用一个小铁锤打碎的石子，我所饲养或钉起来的昆虫，这些他都对我一一加以仔细解释"等语，正就是蒲尔惹的"夫子自道"。此后，因为他的父亲到巴黎去做圣芭尔勃中学（Collège Sainte Barbe）的校长的缘故，他便也转到这个中学去读书。这是一个和法国文艺界很有关系的中学，有许多作家都是出身于这个中学的。在这个中学，他开始对于文学感到兴趣。就在这个时期，在一八七〇年，普法战争爆发了。这对于他以后的文学生活很有影响的而以后的他的杰作《弟子》，便在这个时期酝酿着了。在《弟子》的序言《致一个青年》中，他便这样地对青年说：

是的，他（指著者）想着，而且，这也不是一朝一夕的事，自从你开始读书识字的时候起，自从我们这些行将四十岁的人，当时在那巴黎的炮火声中涂抹着我们最初的诗和我们的第一页散文的时候起，我们早就想到你们了。在那个时代，在我们同寝室的学生之间，是并不快乐的。我们之中的年长者刚出发去打仗，而我们这些不得不留在学校里的人。在那些冷清清只剩了一半学生的课堂里，觉得有一个复兴国家的重大的责任，压在我们身上。

在一八七二年，他得到了文学士学位，便入巴黎大学专攻希腊语言学。在这个时期，他决意地开始他的文学生活了。

正如差不多一切的文人一样，他的文学生活是从诗歌开始的。他最初的作品便是在缪赛（Alfred de Musset），波特莱尔（Charles Baudelaire）以及当时（一八七五年顷）法国对于英国湖畔诗人的观念等的影响之下的几卷诗集：《海边》（Au bord de la mer），《不安的生活》（La Vieinquiète），《爱代尔》（Edel），《自白》（Les Aveux）。这些诗集，以诗歌的价值来说，是并不很高的，它们的更大的价值是在心理学上。

在这些诗集里，蒲尔惹竭力把他对于拜伦和巴尔倍·陀雷维里（Barbey d'Aurevilly）的景仰，和他的应用在近代生活上的细腻的分析的个人趣味联合在一起。那头两部诗集的题名，《海边》和《不安的生活》，就已很明白地表现出这个二重性，表现出他的在最矫饰的上流社会下面发现了一个深切的心理学的基础的愿望。因为在他的心头统治着的是心智的力，知识的热情，所以诗是和他不大相宜的。他是戴纳（Taine）和富斯代尔·德·古朗什（Fustel de Coulanges）的弟子；可是在很早的时候起，一切的思想潮流都已涌进他的梦想者和好奇者的心灵里了。在他看来，哲学与医学是和政治与历史一样地有兴趣，而在他的一生之中，对于人类的智识的最不同的倾向，他又怀着极大的关心。最和他的分析的禀性相合的艺术形式是小说，——他的第三部诗集《爱代尔》就差不多就是小说了——但是他并没有立刻取这个形式。

在写他的小说以前，蒲尔惹先发表了他的《现代心理论集》（一八八三）。这是当时批评界的一个极好的收获。在这本书中，他对于法兰西的诸重要作家，如波德莱尔，勒囊（Renan），弗洛贝尔（Flaubert），斯当达尔（Stend- hal），戴纳，小仲马（Dumasfils），勒龚特·德·李勒（Leconte de Lisle），龚果尔兄弟（Edmond et Jules Concourt）等，都有新的估价和独到的见解。

这部书，以及以后的《批评与理论集》（二卷，一九一二）和《批评与理论集》（一九二二）表现着他的批评观念的演进。从他的最初的论文起，他就对于当代青年的这些大师决定了他自己的态度，在研究着他们的时候，他用那在他心头起着作用，互相抵触着或符合着而决定了他的发展的曲线的三个主要的影响确定他自己的立脚点：代表着心灵的不安和神秘的倾向的波特莱尔，心理分析的先驱斯当达尔，以及实验主义的大师戴纳。但和他们不同之处，是他并不从这立脚点前进而后退了。他渐渐地退到传统的、保守的、天主教的路上去。在他的《批评与理论集》的那篇《献给茹尔·勒麦特尔》（Jules Lemaitre）的序上，他这样地记着他的演进之迹：

这本书对于你会颇有兴趣：这里画着一条和你所经过的思想

的曲线很类似的思想的曲线。我们两人都是在大革命的氛围气质之中长大起来的，可是我们两人却都达到了很会使我们的教授们惊诧的传统的结论。

他终于找到了那最适宜于他的性格的艺术的形式了。他开始写小说了。在他的最初的几部小说，如《残酷的谜》（Cruelle Enigme 一八八五），《一件恋爱的犯罪》（Un crime d'amour 一八八六），《谎》（Mensonges 一八八七）等中，他只在找寻着他的个人表现。他在他的诗歌中和论文中所不能充分地表现出来的心理分析精神，便开始在小说中大大地发展出来了。在这些小说之中，心理学者和诗人的才能同时地表现了出来。这些小说出版的时候，很受到自然主义者的不满的批评，因为这些小说中的人物大都是取诸上流社会的，而当时的自然主义者们却几乎不承认上流社会的存在。蒲尔惹是致力于描摹现实的各面的，他认为"上流社会"的研究亦是在小说家的努力的范围中的。他之所以选了上流社会，却也有一个理由，因为他觉得上流社会中的人物不大有物质的挂虑，职业的牵累，情感是格外奔放一点，分析起来是格外顺手一点。

他的许多长篇小说，如《昂德莱·高尔奈里思》（André Cornelis 一八八七），《妇人的心》（Un Coeur de Femme 一八九〇），《高斯莫保里思》（Cosmopolis 一八九三），《一个悲剧的恋爱故事》（Une idylle tragique 一八九六），中篇小说如《复始》（Recommencements 一八九七），《感情的错综》（Complica tions Sentimentales 一八九八），《心的曲折》（Les détours du coeur

一九〇八）等等，都是分析情感的作品。可是在一八八九，那部在文学界上同时在他自己的著作间划时代的《弟子》（Le Disciple）出世了。这部小说出来以后，他也就决然地走出了他的摸索时期。它显示出了蒲尔惹的更广大的专注。从此以后，他不只是一个心理小说家，而是一个提出了著者的精神上的责任问题的道德家了。这种道德家的严重的口气，我们是可以从那篇作为序文的《致一个青年》中看得出来的：

在〔我们这些做你的长兄的人们〕那些著作中所碰到的回答，是和你的精神生活有点利害关系，和你的灵魂有点利害关系的；——你的精神生活，正就是法兰西的精神生活，你的灵魂，就是它的灵魂。二十年之后，你和你的弟兄们将把这个老旧的国家——我们的公共的母亲——的命脉，抓在掌握之中。你们将成为这国家的本身。那时，在我们的著作中，你将采得点什么，你们将采得点什么？想到了这件事的时候，凡是正直的文士——不论他是如何地无足重轻——就没有一个会不因为自己所负的责任之重大而战战兢兢着的……

在这部书出来的时候，是很引起过一番论争的。的确，这部书是有着它的重大性。它统制着蒲尔惹的思想之分歧，结束了二十年以来在蒲尔惹心头占着优势的各种观念。宣布了那从此以后将取得优势的观念：这是蒲尔惹个人一方面的意义。而在社会一方面的意义是：它越了纯粹艺术的圈子，提出了艺术家对于社会责任的问题，更广泛一点地说，提出了个人生活对于社会生活这个主要的问题。从此以后，他把作品的社会价值看得比艺术价值更高了。从前，他可以说是一个为艺术而艺术的小说家，而现在他却是一位把小说作为工具，作为一种教训的手段的作者了。

的确，他提出了个人生活对于社会生活这个主要的问题，并因此而引起了道德的，宗教的，社会的诸问题。但对于这些问题，他只用了天主教的和保守派的理论去回答。《弟子》是用了巴斯加尔的《基督之神秘》中的这句表面上是假设之辞，而实际上却表现着一个宗教的信仰的话来结束的："如果你没有找到过我，你是不会来找我的！……"

我们可以看到，蒲尔惹只在宗教的回返中看到了出路。以后不久，在《高斯莫保里思》（一八九三）中，蒲尔惹似乎又回复到他最初的那些上流社会的心理小说一次。但这只是一个外表，在他的心里，他的主张仍旧一贯地进行着，一直引导他到《阶段》的正理主义（Doctrinarisme）。

我们上面已经说过，从《弟子》以后，蒲尔惹便继续把他的天才为他的社会的信念服役了。但是他的成就是怎样呢？ 正如一切的宣传作品一样，我们所感到的只是使人厌倦的说教而已。《阶段》（L'Etape 一九〇三），《亡命者》（L'Emigré 一九〇七），《正午的魔鬼》（Le Démon de midi 一九一四），《死之意义》（Le Sens de La mort 一九一五），《奈美西思》（Némésis 一九一八）等等，都是这一种倾向的作品。而其中尤以《阶段》一书为这一种倾向的顶点。在《弟子》以后，比较可以一读的只有《正午的魔鬼》而已。

从文学上来讲，蒲尔惹的成就是很微小的。对于每一个小说中的人物，他虽然力求其逼真，使读者觉得确有其人，然而他往往做得过分了，使人起一种沉滞和厌倦之感。这些果然是一切心理小说家所不免的缺陷，但蒲尔惹却做得比别人更过分一点。他尤其喜欢在他的小说中发挥他对于社会、宗教、道德等的个人意见，使一部完整的作品成为不平衡的。这些，即他的一生杰作《弟子》中也不能免，至于《阶段》那样的作品，那是更不用说了。他的唯一的长处是在他天生的分析天才所赋予他的细腻周到。在这一点上，他是可以超过前人的。至于他的文章的沉重滞涩，近代的批评家们——如保尔·苏代（Paul Souday）——都有定论，也毋庸我们来多说了。

下面的译文，是根据了巴黎伯龙书店（Plon）本翻译出来的。在译方面，译者虽然已尽了他的力量，但因原作滞涩烦琐的缘故，所以译文也不免留着原著的短处。译者不能表达出作者的长处而只保留着作者的短处，这是要请读者原谅的。

一九三五年十一月十五日在本书译成后半个月，即一九三五年十一月二十五日，蒲尔惹在巴黎与世长辞了，享年八十有二岁。《弟子》中译本的出版，也可以算作我们对于这位法国大小说家的一点奠基吧。

阿耶拉

阿耶拉（Ramon Perez de Ayala）是西班牙当代的出众的小说家，同时也是诗人，批评家，散文家，是那踵接着被称为"九十八年代"的乌拿莫诺、阿索林、巴罗哈、伐列·英克朗等一群人的新系代中的不可一世的人物。他于一八八〇年生于阿斯都里亚斯（Asturias），现在还活着。在去年（一九三一年）西班牙革命以后，他出任为英国公使。虽则已是五十二岁的老人了，但是他的那种矍铄的精神，在行动上以及在著述上，是都足以使后生们都感到可畏的。

他底文学生活是从诗歌开始的。他一共出了三部诗集：《小径的和平》（La Paz del Sendero，一九〇四），《不可数的小径》（Elsendero Innum erable，一九一六），《浮动的小径》（Elsendero Andante，一九二一）。他的诗都是用旧的韵律和鲜明的思想（Ancho ritmo，clara idea）。早年的诗虽则颇受法国象征派诗人们，特别是法朗西思·耶麦底影响，但有时他底诗甚至比耶麦底更深刻点。

使他一跃而成为西班牙文坛的巨星，并成为世界的大作家的，是他的小说。《倍拉尔米诺和阿保洛纽》(Be-larminoy Apolonio)，《蜜月苦月》(Luna de Miel Luna de Hiel)，《乌尔巴诺和西蒙娜底操劳》(Los Trabajos de Ur-banoy Simona)，《黄老虎》(Tigre Juan)等书，都使他的世界的声誉一天天地增加起来，坚固起来。

从阿耶拉的著作中，我们可以看出两个特点。第一，是他的文章手法上的特点：他的微妙婉转的话术，他的丰富的用字范围，他的丰富、流畅、娇媚而又冷静的风格。其次，是他的那种尖锐、奸诡、辛辣而近于刻薄的天才（而它又是隐藏在他所聪敏地操纵着的迂回曲折的语言的魅力中的）。凭了这两种特点，接触了英国的"幽默"作家及他本国的诸大师，又生活在西班牙的那些奇异的人物——大学生、发明者、流氓、政客、教士、斗牛者等——的氛围气中，他的作品是当然就连法国的弗洛贝尔（如果他能看见）都要自愧不如的了。

《黎蒙家的没落》(La Caida de los Limones)是在一九一六年出版的题名为《泊洛美德奥》(Prometeo)的三个诗的中篇小说(Novelas poemá ticas)中的一篇，是阿耶拉的杰作之一，颇足以代表他的全部的风格。这是一篇以 Casa de hué spedes（寄寓）的古典的描写开始的最残酷的故事，而阿耶拉又是带着那种不怕伤了读者的刁恶、热情和冷嘲讲出来的。

诗论零札

竹头木屑，牛溲马勃，运用得法，可成为诗，否则仍是一堆弃之不足惜的废物。罗绮锦绣，贝玉金珠，运用得法，亦可成为诗，否则还是一些徒炫眼目的不成器的杂碎。

诗的存在在于它的组织。在这里，竹头木屑，牛溲马勃，和罗绮锦绣，贝玉金珠，其价值是同等的。

批评别人的诗说"如七宝楼台，炫人眼目，拆碎下来，不成片段"，是一种不成理之论。问题不是在于拆碎下来成不成片段，却是在搭起来是不是一座七宝楼台。

西子捧心，人皆曰美，东施效颦，见者掩面。西子之所以美，东施之所以丑的，并不是捧心或眉颦，而是他们本质上美丑。本质上美的，荆钗布裙不能掩；本质上丑的，珠衫翠袖不能饰。

诗也是如此，它的佳劣不在形式而在内容。有"诗"的诗，虽以佶屈聱牙的文字写来也是诗，没有"诗"的诗，虽韵律整齐音节铿锵，仍然不是诗。只有乡愚才会把穿了彩衣的丑妇当作美人。

说"诗不能翻译"是一个通常的错误。只有坏诗一经翻译才失去一切，因为实际它并没有"诗"包涵在内，而只是字眼和声音的炫弄，只是渣滓。真正的诗在任何语言的翻译中都永远保持着它的价值。而这价值，不但是地域，就是时间也不能损坏的。

翻译可以说是诗的试金石，诗的滤箩。

不用说，我是指并不歪曲原作的翻译。

韵律齐整论者说：有了好的内容而加上"完整的"形式，诗始达于完美之境。

此说听上去好像有点道理，仔细想想，就觉得大谬。诗情是千变万化的，不是仅仅几套形式和韵律的制服所能衣蔽。以为思想应该穿衣裳已经是专断之论了（梵乐希：《文学》），何况主张不论肥瘦高矮，都应该一律穿上一定尺寸的制服？

所谓"完整"并不应该就是"与其他相同"。每一首诗应该有它自己固有的"完整"，即不能移植的它自己固有的形式，固有的韵律。

米尔顿说，韵是野蛮人的创造；但是，一般意义的"韵律"，也不过是半开化人的产物而已。仅仅非难韵实乃五十步笑百步之见。

诗的韵律不应只有浮浅的存在。它不应存在于文字的音韵抑扬这表面，而应存在于诗情的抑扬顿挫这内里。

在这一方面，昂德莱·纪德提出过更正确的意见："语辞的韵律不应是表面的，矫饰的，只在于锁骼的语言的继承；它应该随着那由一种微妙的起承转合所按拍着的，思想的曲线而波动着。"

定理：

音乐：以音和时间来表现的情绪的和谐。

绘画：以线条和色彩来表现的情绪的和谐。

舞蹈：以动作来表现的情绪的和谐。

诗：以文字来表现的情绪的和谐。

对于我，音乐、绘画、舞蹈等等，都是同义字，因为它们所要表现的是同一的东西。

把不是"诗"的成分从诗里放逐出去。所谓不是"诗"的成分，我的意思是说，在组织起来时对于诗并非必需的东西。例如通常认为美丽的词藻，铿锵的音韵等等。

并不是反对这些词藻、音韵本身。只当它们对于"诗"并非必需，或妨碍"诗"的时候，才应该驱除它们。

致林蕴清

蕴清先生：

新文艺月刊社转来大札读悉，足下提出各种疑问，兹特奉答如下：

（一）这是两句拉丁文的诗句，意思是："愿我在最后的时间将来到的时候看见你，愿我在垂死的时候用我的虚弱的手把握着你。"

（二）Ma chère ennemie 直译为"我亲爱的冤家"，典出法国十六世纪诗人龙沙（Ronsard）。Aime un peu 意为"爱一些些"。Un peu damoyr，pour moi，cest déja trop！意为："一点的爱情，在我，已经是够多的了！"

（三）épaves 是破舟之残片。

"年海"两字并未刊错，典出法国十九世纪大诗人拉马丁（Lamartine），是 Iocéon desges 的直译，见其名诗《湖》（Le Lac）。

戴望舒

附：林蕴清来函

编辑先生：

前几日在敝处景山书社买到了一本贵店出版的戴望舒先生的诗集：《我的记忆》。在骆驼的铃声中，在枕边，在静的夜里，它从此以后便做了我最密切的伴侣了。尤其是其中的《雨巷》，《我的记忆》两辑，更使我钦佩不止。我真不知道要如何向作者表示我的敬意。真的，它是我们所出版的新诗中的最好的一本。不过有几个外国文我还不很了解，看见《新文艺》上说读者如对贵店所出版各书有疑问，可以写信来问。所以便冒昧地写这封信来，希望你们给我一个满意的答复。以下我便提出我的疑问了：

（一）目次前一页上的 "Te Spectem mihi cum venerit hora, Te Tenoam moriens defic iente manu." 作何解释？

（二）第三十六页的 ma ch è re ennemie，第三十七页的 Aime un peu！和 Un reu dam our, pour moi, cest d é j à trop！作何解释？

（三）第六十四页上的 epaves 是何意义？

此外，第六十四页上的 "年海" 两字，颇为新奇，不知 "年" 字是否印错，亦望见答。祝你们前途无量。

林蕴清上十月二十一日，北平

致曾孟朴

孟朴先生：

四天前曾叫舍弟望舒来拜访过一次：叫他送上一部译稿，还请他代陈鄙人对于贵杂志《真美善》的一点小小意见。昨天他回来了，说没有遇见先生，所以现在不得不撑起久病的身体来写这封信。

真的，《真美善》的发刊，在芜杂而颓废的中国文坛上，可算是一种新火，它给我们新的光和新的热，这是我们所长久等待着，期望着的。我很欢喜地感受着它们；同时，为了过分的爱好，便生出一种过分的要求来。我很坦白地（当然是很鲁莽）向先生陈述些意见，望先生肯坦白地接受：

我觉得不满意的是《真美善》的封面和里面的插图。我觉得封面最好朴素地只写"真美善"三字，不要加彩色画图，而且是并不十分好的画图。因为《真美善》是一本高尚的文艺杂志，而不是像 Lecture pour tous 或 Golden Book 一类的东西，所谓通俗的读物；虽然文艺是要民众化，但我们只能把民众的兴味提高，而不可去俯就民众的低级趣味，插图最好也不用，至少也要好一些的。

翻译方面我觉得你们太偏重于英法方面。我希望你们以后德奥及北欧的文学作品多译一些。译文希望是语体的，像"炼狱魂"这种文言的翻译，不但右倾的气味很重，而且使全杂志不和谐。（我想炼狱魂一定是旧稿）

补白最好是不要。或者登载些短诗也好（应酬的诗词千万不要登载）。

论文希望多登载些。不要为了些浅薄的读者低级趣味的要求而失了你们的勇气。（第四期一篇论文都没有）

以上是我的小小的意见。

你翻译的 Hugo 的戏曲我只读过一本《欧那尼》。对于你的译文，我只有佩服。但其中颇有漏译的，如第一折第一幕第六页上 Don Carlos 说"我照办"之后漏译

Serait–celecurieautumetsdavanture

Lemanchedubalaiquitesertdemonture？

第七页上 Dona Josefa 说："天主，这个人是谁？"后漏译
Si Jappelais？ Qui？ 等等。第七页上有个小小的错误，原文是：
Don Carlos：Cestunefemme，est–cepas，quattendaittamaitresse？

你译作："这是个妇人脚声，不是你等的主人吗？"

似应译作："这可不是你女主人等待的女人吗？"不知是否，还乞指教。

希望你快些给我一个回信，给我一个欢乐在我病中。

我的通讯处是"杭州大塔儿巷二十八号"。

戴望道十二月廿二日灯下

附：曾孟朴的回信

戴望道先生鉴：

我下笔之前，先祝你清恙的康复。

先生，我虽不认得你，在我想象中，却早浮现了你的影像；你是个诚恳而温蔼的人，身材似乎长长儿的，面貌清瘦而敏活，敏活中却交和一些忧郁的薄彩；你的病一定感觉着脑神经系的不宁——和我一般——的痛苦；我仿佛已认得了你；这是用我心灵上的摄影无线电，在你来信字句夹缝里照见的。我和你通信的开端，就说上一大套神秘的话，只怕你要笑我做狂人了！

你来信嘱我速复，我忙着社务，迟延了半个月，这是我对着你，很抱歉的事。

你对于《真美善》刊物的期望和爱好，实在过于优厚了些，我们自问，觉得非常惶愧。但在这文学乱丝般纠纷时代——不独我们中国——尤其是我们中国沉睡了几千年乍醒觉惺忪的当儿，我们既有一知半解，何尝不想做个打扫夫，明知力量脆薄，开不了新路径，但拾去些枯枝腐叶，驱除些害菌毒虫，做得一分是一分，或与未来文学界，不无小补。可惜我的年纪已与《欧那尼》

剧里的李谷梅差不多了，"年代消磨了他声音和颜色，只剩几根忠实的老翎"，不知能在文苑里回翔多少时光，只怕要辜负你热烈的希望呢。

你不满《真美善》杂志的几点，说得都很有理由：封面及插图，完全不用，我也甚赞同，但不便骤改，以后惟有加以注意，使增美感；翻译偏重英法，这也是确的，只为我们父子，一习法文，一习英文，庋藏的书籍，也是英法的多，便成了自然的倾向；可是最近几期里已经加入了许多日本跟欧洲各国的作品了。你又不赞成多译文言，我们现在原是白话的多，但偶然插入一二种，似也不至讨厌；至多加论文和批评，也是我们极想努力的志愿；但我们才力有限，你能加入战队，帮助我们些材料，只要宗旨相同，是极欢迎的。

至于你对于我的《欧那尼》剧译本批评的话，我极感你的忠实。诗剧译成散文，本是件最困难的事，尤其是直译。你是个过来人，这句话想也表同情。所以我译《欧那尼》剧的开始，原想用意译，后来才改为直译，第一折里面，恐怕和原文有出入的地方，还不止你举出的几处罢。

第六页漏译的两诗句：

Serait–celecurieautumetsdavanture

Lemanchedubalaiquitesertdemonture？

这两诗句的意义，译成白话，很难明了，又疑心是法国一种惯语，恐怕译错，不觉略了过去，这就是我不可讳言的惰性。我现在想补译如下：

再察看那橱。

（卡）这不成了个你用扫帚柄当马骑着去找奇遇的马房吗？

第七页漏译两语：

Quest Cethomme？ Jesusmon Dieu！ Si Jappelais？ Qni？

改补如下：

（饶）这个人是什么？我主耶稣！我叫唤吗？叫唤谁呢？

你看这样译法，对不对？

第七页二行：

Cestunefemme，est-cepas，quattenda-ittamaitresse？

你改译的很是。我想爽性直译做：

这是一个妇人，是不是，你女主人等待的吗？

你以为何如？

我很盼你有闲工夫时，给我一个答复，更希望对于我的作品或译文，时时给我些忠实的批评。

　　　　　　　　　一七，一，四，即"1928年1月4日"。病夫

悼杜莱塞

美联社十二月二十九日电：七十四岁高龄的美名作家杜莱塞，已于本日患心脏病逝世。这个简单的电文，带着悲怅，哀悼，给予了全世界爱好自由，民主，进步的人。世界上一位最伟大而且是最勇敢的自由的斗士，已经离开了我们，去作永恒的安息了，然而他的思想，他的行动，却永远存留着，作为我们的先导，我们的典范。

杜莱塞于一八七一年生于美国印第安纳州之高地，少时从事新闻事业，而从这条邻近的路，他走上了文学的路。他的文学生活是在一九〇〇年开始的。最初出版的两部长篇小说《加里的周围》和《珍尼·葛拉特》使他立刻闻名于文坛，而且确立了他的新现实主义的倾向。

他以后的著作，就是朝着这个方向走过去的，他抓住了现实，而把这现实无情地摊陈在我们前面。《财政家》如此，《巨人》如此，《天才》也如此，像爱米尔·佐拉一样，他完全以旁观者的态度去参加生存的悲剧。天使或是魔鬼，仁善或是刁恶，在他看来都是一样的文献，一样的材料，他冷静地把他们活生生地描画下来，而一点也不参加他自己的一点主观。从这一点上，他是佐拉一个大弟子。

他的写实主义不仅仅只是表面的发展，却深深地推到心理上去。他是心理和精神崩溃之研究的专家，而《天才》就是在这一方面的他的杰作。

在《天才》之后，他休息了几年，接着他在一九二五年出版了他的《一个美国的悲剧》。这部书，追踪着雨果和陀斯托也夫斯基，他对于犯罪者作了一个深刻的研究。忠实于他的方法，杜莱塞把书中的主人公格里斐士的犯罪心理从萌芽，长成，发展，像我们拆开一架机器似的，一件件地分析出来。到了这部小说，从艺术方面来说，杜莱塞已达到了它们的顶点了。

然而，杜莱塞真能够清清楚楚地看到美国社会的罪恶，腐败，而无动于衷吗？作为一个真正的艺术家，对于这一切肮脏，黑暗，他会不起正义的感觉而起来和它们战斗吗？他所崇拜的法国大小说家佐拉，不是也终于加入到社会主义的集团，从象牙之塔走到十字街头吗？是的，杜莱塞是一个有正义感的艺术家，他之所以没有立刻成为一个战士，是为了时机还没有成熟。

这时，一个新的世界吸引了他：社会主义的苏联。在一九二八年，他到苏联去旅行。他看见了。他知道了。他看到了和资本主义的腐败相反的进步，他知道了人类憧憬着的理想是终于可以实现。

从苏联回来之后，他出版了他的《杜莱塞看苏联》，而对于苏联表示着他的深切的同情。苏联的旅行在他的心头印了一种深刻的印象，因而在他的态度上，也起了一个重要的变化。

从这个时候起，他已不再是一个冷静的旁观者，一个明知道黑暗，腐败，罪恶而漠然无动于衷的人了。新的世界已给了他以启示，指示了他的道路，他已深知道单单观察，并且把他所观察到的写出来是不够，他需要行动，需要用他艺术家的力量去打倒这些黑暗，腐败，和罪恶了。

在一九三〇年，他就公开拥护苏联，公开地反对帝国主义者对苏联的进攻，从那个时候起，苏联已成为他的理想国。他说："我反对和苏联的任何冲突，不论那冲突是从哪方面来的。"在一九三一年，这位伟大的作家更显明了他的革命的岗位。他不仅仅把自己限制于对于时局的反应上，却在行动上参加了劳动阶级的斗争。他组织了一个委员会，去揭发出在资本主义的美国，劳动者们所处的地位是怎样令人不能忍受。他细心地分析美国，研究美国的官方报告，经济状况，国家的统计，预算，并且亲自去作种种的实际调查。经过了长期的研究，调查，分析，他便写成了一部在美国文学史上空前，在他个人的文艺生活中也是特有伟大的作品：《悲剧的美国》，而把它掷到那自在自满的美国资产者们的脸上去。

杜莱塞的这部新著作，可以说是他的巨著《一个美国的悲剧》的续编。在这部书中，杜莱塞矫正了他的过去，他在一九二五年所写的那部小说是写一个美国中产阶级者的个人的悲剧，在那部书中，杜莱塞还是以为资本主义的大厦是不可动摇的。可是在这部新著中呢，美国资本主义的机构是在一个新的光亮之下显出来了。杜莱塞用着无数的事实和统计数字做武器，用着大艺术家的尖锐和把握做武器，把美国的所谓"民主"的资产阶级和社会法西斯的面具，无情地撕了下来。

这部书出版以后，资本主义的美国的惊惶是不言而喻的了。他受到了各方面的猛烈的攻击，他被一些人视为洪水猛兽，然而，他却得到了更广大的人，奋斗着而进步着的人们的深深的同情，爱护。

从这个时候起，他已成为一个进步的世界的斗士了。他参加美国的革命运动，他为《工人日报》经常不断地撰稿，他亲自推动并担任"保卫政治犯委员会"的主席，他和危害人类的法西斯主义作着生死的战斗。西班牙之受法西斯危害，中国之被日本侵略，他都起来仗义发言，向全世界呼吁起来打倒法西斯主义。

从这一切看来，杜莱塞之走到社会主义的路上去，决不是偶然的事，果然，在他逝世之前不久，他以七十四的高龄加入了美国共产党，据他自己说，他之所以毅然加入共产党，是因为西班牙大画家比加索和法国大诗人阿拉贡之加入法国共产党，而受到了深深的感动，亦是为了深为近年来共产党在全世界反法西斯斗争中的英勇业绩所鼓舞。在他写给美国共产党首领福斯特的信中，他说："对于人类的伟大与尊敬的信心，早已成就了我生活与工作的逻辑，它引导我加入了美国共产党。"然而，我们如果从他的思想行动看来，这是必然的结果，即使他没有加入共产党，他也早已是一个共产党了。然而在这毅然的举动之后不久，这个伟大的人便离开了我们。

杜莱塞逝世了，然而杜莱塞的精神却永存在我们之间。

（原载《新生日报·文协》第四期，一九四六年一月七日）

一点意见

我觉得近来文艺创作，在量上固然没有前几年那样的多，现在质上都已较进步得多了。我们如果把那些所谓"成名"的作品，和现在一般的作品比较起来，我们便立刻可以看出前者是更薄弱、幼稚。"既成者"之所以"趋向凋谢"或竟沉默者，多是比较之下的必然趋势。他们恋着从前的地位，而他们仍然是从前的他们，于是，他们的悲剧便造成了。

其次，便是关于现今的作家。今日作家的创作，除了少数几个人之外，大家露着两个弱点。其一是生活的缺乏，因而他们的作品往往成为一种不真切的，好像是用纸糊出来的东西。他们和不知道无产阶级的生活同样，也不知道资产阶级的生活，然而他们偏要写着这两方面的东西，使人起一种反感。其二是技术上的幼稚。我觉得，现在有几位作家，简直须从识字造句从头来过。他们没有能力把一篇文字写得通顺，别的自然不用说起。

因此，我觉得中国的文艺创作如果要"踏入正常的轨道"，必须经过两条路：生活，技术的修养。

再者，我希望批评者先生们不要向任何人都要求在某一方面是正确的意识，这是不可能的，也是徒然的。

（原载一九三二年一月《北斗》第二卷第一期）

十年前的《星岛》和《星座》

　　一九三八年五月中，那时我刚从变作了孤岛的上海来到香港不久。《吉河德爷》的翻译工作虽然给了我一部分生活保障，但是我还是不打算在香港长住下来。那时我的计划是先把家庭安顿好了，然后到抗战大后方去，参与文艺界的抗敌工作，因为那时中华文艺界抗敌协会已开始组织起来了。可是一个偶然的机会却叫我在香港逗留了下来。

　　有一天，我到简又文陆丹林先生所主办的"大风社"去闲谈。到了那里的时候，陆丹林先生就对我说，他正在找我，因为有一家新组织的日报，正在物色一位副刊的编辑，他想我是很适当的，而且已为我向主持人提出过了，那便是《星岛日报》，是胡文虎先生办的，社长是他的公子胡好先生。说完了，他就把一封已经写好了的介绍信递给我，叫我有空就去见胡好先生。

　　我踌躇了两天才决定去见胡好先生。使我踌躇的，第一是如果我接受下来，那么我全盘的计划都打消了；其次，假定我担任了这个职务，那么我能不能如我的理想编辑那个副刊呢？因为，当时香港还没有一个正式新文艺的副刊，而香港的读者也不习惯于这样的副刊的。可是我终于抱着"先去看看"的态度去见胡好先生。

看见了现在这样富丽堂皇的星岛日报社的社址，恐怕难以想象——当年初创时的那种简陋吧。房子是刚刚重建好，牌子也没有挂出来，印刷机刚运到，正在预备装起来，排字房也还没有组织起来，编辑部是更不用说了。全个报馆只有一个办公室，那便是在楼下现在会计处的地方。便在那里，我见到了胡好先生。

使我吃惊的是胡好先生的年轻，而更使我吃惊的是那惯常和年轻不会合在一起的干练。这个十九岁的少年那么干练地处理着一切，热情而爽直。我告诉了他我愿意接受编这张新报的副刊，但我也有我的理想，于是我把我理想中的副刊是怎样的告诉了他。胡好先生的回答是肯定的，他告诉我，我会实现我的理想。接着我又明白了，现在问题还不仅在于副刊编辑的方针和技术，却是在于使整个报馆怎样向前走，那就是说，我们面对着的，是一个达到报纸能出版的筹备工作。我不得不承认，我的经验只是整个报馆的一部分。但是我终于毅然地答应下来，心里想，也许什么都从头开始更好一点。于是我们就说定第二天起就开始到馆工作。

一切都从头开始，从设计信笺信封，编辑部的单据，一直到招考记者和校对，布置安排在阁楼的编辑部，以及其他无数繁杂和琐碎的问题和工作。新的人才进来参加，工作繁忙而平静地进行，到了七月初，一切都准备得差不多了。

然而有一个问题却使我不安着，那便是我们当时的总编辑，是已聘定了樊仲云。那个时候，他是在蔚蓝书局当编辑，而这书局的败北主义和投降倾向，是一天天地更明显起来。一张抗战的报怎样能容一个有这样倾向的总编辑呢？再说，他在工作上所表现的又是那样庸弱无能。我不安着，但是我们大家都不便说出来，然而，有一天，胡好先生却笑嘻嘻地走进编辑部来，突然对我们宣说：樊仲云已被我开除了。胡好先生是有先见的，第二年，他便跟汪逆到南京去做所谓"和平救国运动"了。

那个副刊定名为《星座》，取义无非是希望它如一系列灿烂的明星，在南天上照耀着，或是说像《星岛日报》的一间茶座，可以让各位作者发表一点意见而已。稿子方面一点也没有困难，文友们从四面八方寄了稿子来，而流亡在香港的作家们，也不断地给供稿件，我们竟可以说，没有一位知名的作家是没有在《星座》里写过文章的。在编排方面，我们第一个采用了文题上的装饰插图和名家的木刻、漫画等（这个传统至今保持着）。

这个以崭新的姿态出现的报纸，无疑地获得了意外的成功。当然，胡文虎先生的号召力以及报馆各部分的紧密的合作，便是这成功的主因。我不能忘记，在八月二日胡好先生走进编辑部来时的那一片得意的微笑或热烈的握手。

从此以后，我的工作是专对着《星座》副刊了。

然而《星座》也并不是如所预期那样顺利进行的。给予我最大最多的麻烦的，是当时的检查制度。现在，我们是不会有这种麻烦了，这是可庆贺的！可是在当时种种你想象不到的噜苏，都会随时发生。似乎《星座》是当时检查的唯一的目标。在当时，报纸上是不准用"敌"字的，"日寇"更不用说了。在《星座》上，我虽则竭力避免，但总不能躲过检查官的笔削。有时是几个字，有时是一两节，有时甚至全篇。而我们的"违禁"的范围又越来越广。在这个制度之下，《星座》不得不牺牲了不少很出色的稿子。我当时不得不索性在《星座》上"开天窗"一次，表示我们的抗议。后来也办不到了，因为检查官不容我们"开天窗"了。这种麻烦，一直维持到我编《星座》的最后一天。三年的日常工作便是和检查官的"冷战"。

这样，三年不知不觉地过去了。接着，有一天，一九四一年十二月七日的清晨，太平洋战争爆发起来了。虽则我的工作是在下午开始的，这天我却例外在早晨到了报馆。战争的消息是证实了，报馆里是乱哄哄的。敌人开始轰炸了。当天的决定，《星座》改变成战时特刊，虽则只出了一天，但是我却庆幸着，从此可以对敌人直呼其名，而且可以加以种种我们可以形容他的形容词了。

第二天夜间，我带着棉被从薄扶林道步行到报馆来，我的任务已不再是副刊的编辑，而是主任了。因为炮火的关系，有的同事已不能到馆，在人手少的时候，不能不什么都做了。从此以后，我便白天冒着炮火到中环去探听消息，夜间在馆中译电。在紧张的生活中，我忘记了家，有时竟忘记了饥饿。接着炮火越来越紧，接着电也没有了。报纸缩到不能再小的大小，而新闻的来源也差不多断绝了。然而大家都还不断地工作着，没有绝望。

接着，我记得是香港投降前三天吧，报馆的四周已被炮火所包围，报纸实在不能出下去了。消息越来越坏，馆方已准备把报纸停刊了。同事们都充满了悲壮的情绪，互相望着，眼睛里含着眼泪，然后静静地走开去。然而，这时候却传来了一个欺人的好消息，那便是中国军队已打到新界了。

消息到来的时候，在报馆的只有我和周新兄。我们想这消息是不可靠的，但是我们总得将它发表出去。然而，排字房的工友散了，我们没有将它发出去的方法。可是我们应该尽我们最后一天的责任。于是，找到了一张白报纸，我们用红墨水尽量大的写着："确息：我军已开到新界，日寇望风披靡，本港可保无虞"，把它张贴到报馆门口去。然后两人沉默地离开了这报馆。

我永远记忆着这离开报馆时的那种悲惨的景象，它和现在的兴隆的景象是呈着一个明显的对比。

（原载一九四八年八月《星岛日报·星座》增刊第十版）

小说与自然

用自然景物来作小说的背景，是否用得其法，则要看作家自己的心境和手法如何而定。有时必须把自然景物引入作品里才成，有时则完全省去也不要紧。

例如女作家贞奥斯丁的小说便完全不用自然景物来做背景，她所描写的只有人而已。

汤姆斯·哈代的小说虽然也用自然景物做背景，可是他所描写的只限于威兹萨克斯附近的风光，不过他却能够把此处的特色玲珑浮突地刻画出来，所以有人叫他的小说做威兹萨克斯小说。他把用来做小说的背景的自然景物，巧妙地借以帮助小说里的人物的活动和事件的发展，因此，哈代的作品几乎不能跟自然分开来了。

史蒂文森也是一个在小说里侧重利用自然景物的作家，在他笔下刻画出来的那些背景，无不像一幅绘画一样的显得鲜明而美丽。而且他所写的自然动的地方比静的地方多，所以能引起读者一种深刻的兴趣。如风怎样吹的样子，又如雨怎样下的光景，都是他最拿手的描写地方。况复他的观察力非常敏锐，又微带点神经质气味，无论如何细微的地方也不肯放过，所以其感动人的力量就能沁人心脾。我们读史蒂文森的小说时，透过那些自然景物的描写便可以看出他的泼辣的才气，以及辨别好坏美丑的锐利眼光。

康拉特的小说，其爱好描写自然景物实在比其他作家更深一层。不过他多用大海来做小说的背景，大概这是因为受了少时航海日夕亲炙海上风光的影响吧？他所描写的船上火灾，沉船遇难，航行海上，暴风浪都能以一种独特的笔致细腻写出，刻画入微。然而这种写法虽然能在作品上多少加添些色彩，但是由于过分侧重自然活动的描写，就不免流露出一种主客倒置的不好现象。

梅利迪斯写恋爱小说时是运用富有诗意的风景来做背景。他的写法虽然写得非常曲折，但反而能够把自然感人最深的色与香的微妙处衬托出来，所以完全跟恋爱故事的小说背景铢两悉称。而且他常常把普通物象描写成比普通更强烈，更浓厚，自然而然会予人一种深刻的印象。

这样说来，贞奥斯丁是完全不靠自然景物依然可以写出好作品，反之，康拉特却因太过侧重自然景物，作品的主意就不免被做背景的自然描写破坏掉。其余三人哈代，史蒂文森，梅利迪斯却走的是中间路线，他们不特把自然弄成小说的适当而调和的背景，而且还能借助自然景物加强了作品的主意。因此，我们不能一口断定描写自然是好是坏，却应该考虑到其时，其地，其事是否宜于利用自然而已。

（载《华侨日报》《文艺周刊》，一九四八年十一月二十一日）

第三辑
雨　巷

撑着油纸伞，独自
彷徨在悠长，悠长
又寂寥的雨巷，
我希望逢着
一个丁香一样地
结着愁怨的姑娘。

夕阳下

晚云在暮天上撒锦，
溪水在残日里流金；
我瘦长的影子飘在地上，
像山间古树的寂寞的幽灵。

远山啼哭得紫了，
哀悼着白日的长终；
落叶却飞舞欢迎
幽夜的衣角，那一片清风。

荒冢里流出幽古的芬芳，
在老树枝头把蝙蝠迷上，
它们缠绵琐细的私语
在晚烟中低低地回荡。

幽夜偷偷地从天末归来，
我独自还恋恋地徘徊；
在这寂寞的心间，我是
消隐了忧愁，消隐了欢快。

雨巷

撑着油纸伞，独自
彷徨在悠长，悠长
又寂寥的雨巷，
我希望逢着
一个丁香一样地
结着愁怨的姑娘。

她是有
丁香一样的颜色，
丁香一样的芬芳，
丁香一样的忧愁，
在雨中哀怨，
哀怨又彷徨；

她彷徨在寂寥的雨巷；

撑着油纸伞

像我一样，

像我一样地

默默行着，

冷漠，凄清，又惆怅。

她静默地走近

走近，又投出

太息一般的眼光，

她飘过

像梦一般地

像梦一般地凄婉迷茫。

像梦中飘过

一支丁香地，

我身旁飘过这女郎；

她静静地远了，远了。

到了颓圮的篱墙，

走尽这雨巷。

在雨的哀曲里，

消了她的颜色，

散了她的芬芳，
消散了，甚至她的
太息般的眼光，
丁香般的惆怅。

撑着油纸伞，独自
彷徨在悠长，悠长
又寂寥的雨巷，
我希望飘过
一个丁香一样地
结着愁怨的姑娘。

我的恋人

我将对你说我的恋人，

我的恋人是一个羞涩的人，

她是羞涩的，有着桃色的脸，

桃色的嘴唇，和一颗天青色的心。

她有黑色的大眼睛，

那不敢凝看我的黑色的大眼睛——

不是不敢，那是因为她是羞涩的，

而当我依在她胸头的时候，

你可以说她的眼睛是变换了颜色，

天青的颜色，她的心的颜色。

她有纤纤的手，

它会在我烦忧的时候安抚我，

她有清朗而爱娇的声音，

那是只向我说着温柔的，

温柔到销熔了我的心的话的。

她是一个静娴的少女，

她知道如何爱一个爱她的人，

但是我永远不能对你说她的名字，

因为她是一个羞涩的恋人。

夜蛾

绕着蜡烛的圆光，
夜蛾作可怜的循环舞，
这些众香国的谪仙不想起
已死的虫，未死的叶。

说这是小睡中的亲人，
飞越关山，飞越云树，
来慰藉我们的不幸，
或者是怀念我们的死者，
被记忆所逼，离开了寂寂的夜台来。

我却明白它们就是我自己，
因为它们用彩色的大绒翅
遮覆住我的影子，

让它留在幽暗里。

这只是为了一念，不是梦，
就像那一天我化成凤。

夜坐

思吗?

思也无聊!

梦吗?

梦又魂消!

如此中秋月夜,

在我当作可怜宵。

独自对银灯,

悲思从衷起。

无奈若个人儿,

盈盈隔秋水。

亲爱的啊!

你也相忆否?

古神祠前

古神祠前逝去的
暗暗的水上，
印着我多少的
思量的轻轻的脚迹，
比长脚的水蜘蛛，
更轻更快的脚迹。

从苍翠的槐树叶上，
它轻轻地跃到
饱和了古愁的钟声的水上
它掠过涟漪，踏过荇藻，
跨着小小的，小小的
轻快的步子走。
然后，踌躇着，
生出了翼翅……

它飞上去了，
这小小的蜉蝣，
不，是蝴蝶，它翩翩飞舞，
在芦苇间，在红蓼花上；
它高升上去了，
化作一只云雀，
把清音撒到地上……

现在它是鹏鸟了。
在浮动的白云间，
在苍茫的青天上，
它展开翼翅慢慢地，
作九万里的翱翔，
前生和来世的逍遥游。

它盘旋着，孤独地，
在迢遥的云山上，
在人间世的边际，
长久地，固执到可怜。

终于，绝望地
它疾飞回到我心头
在那儿忧愁地蛰伏。

寒风中闻雀声

枯枝在寒风里悲叹，
死叶在大道上萎残；
雀儿在高唱薤露歌，
一半儿是自伤自感。

大道上是寂寞凄清，
高楼上是悄悄无声，
只那孤岑的雀儿
伴着孤岑的少年人。

寒风吹老了树叶，
又来吹老少年的华鬘，
更在他的愁怀里
将一丝的温馨吹尽。

唱啊，我同情的雀儿，

唱破我芬芳的梦境；

吹罢，你无情的风儿，

吹断了我飘摇的微命。

秋夜思

谁家动刀尺？
心也需要秋衣。

听鲛人的召唤，
听木叶的呼息！
风从每一条脉络进来，
窃听心的枯裂之音。

诗人云：心即是琴。
谁听过那古旧的阳春白雪？
为真知的死者的慰藉，
有人已将它悬在树梢，
为天籁之凭托——
但曾一度谛听的飘逝之音。

而断裂的吴丝蜀桐
仅使人从弦柱间思忆华年。

寂寞

园中野草渐离离，

托根于我旧时的脚印，

给他们披青春的彩衣，

星下的盘桓从兹消隐。

日子过去，寂寞永存，

寄魂于离离的野草，

像那些可怜的灵魂，

长得如我一般高。

我今不复到园中去，

寂寞已如我一般高：

我夜坐听风，昼眠听雨，

悟得月如何缺，天如何老。

自家伤感

怀着热望来相见，
冀希从头细说，
偏你冷冷无言；
我只合踏着残叶
远去了，自家伤感。

希望今又成虚，
且消受终天长怨。
看风里的蜘蛛，
又可怜地飘断
这一缕零丝残绪。

生涯

泪珠儿已抛残，
只剩了悲思。
无情的百合啊，
你明丽的花枝。
你太娟好，太轻盈，
使我难吻你娇唇。

人间伴我惟孤苦，
白昼给我是寂寥；
只有那甜甜的梦儿
慰我在深宵：
我希望长睡沉沉，
长在那梦里温存。

可是清晨我醒来

在枕边找到了悲哀：

欢乐只是一幻梦，

孤苦却待我生涯！

我暗把泪珠哽咽，

我又生活了一天。

泪珠儿已抛残，

悲思偏无尽，

啊，我生命的慰安！

我屏营待你垂悯：

在这世间寂寂，

朝朝只有呜咽。

八重子

八重子是永远地忧郁着的，
我怕她会郁瘦了她的青春。
是的，我为她的健康挂虑着，
尤其是为她的沉思的眸子。

发的香味是簪着辽远的恋情，
辽远到要使人流泪；
但是要使她欢喜，我只能微笑，
只能像幸福者一样地微笑。

因为我要使她忘记她的孤寂，
忘记萦系着她的渺茫的乡思，
我要使她忘记她在走着
无尽的、寂寞的、凄凉的路。

而且在她的唇上，我要为她祝福，
为我的永远忧郁着的八重子，
我愿她永远有着意中人的脸，
春花的脸，和初恋的心。

在天晴了的时候

在天晴了的时候，
该到小径中去走走：
给雨润过的泥路，
一定是凉爽又温柔；
炫耀着新绿的小草，
已一下子洗净了尘垢；
不再胆怯的小白菊，
慢慢地抬起它们的头，
试试寒，试试暖，
然后一瓣瓣地绽透；
抖去水珠的凤蝶儿
在木叶间自在闲游，
把它的饰彩的智慧书页
曝着阳光一开一收。

到小径中去走走吧，
在天晴了的时候：
赤着脚，携着手，
踏着新泥，涉过溪流。
新阳推开了阴霾了，
溪水在温风中晕皱，
看山间移动的暗绿——
云的脚迹——它也在闲游。

流浪人的夜歌

残月是已死的美人，
在山头哭泣嘤嘤，
哭她细弱的魂灵。

怪枭在幽谷悲鸣，
饥狼在嘲笑声声，
在那残碑断碣的荒坟。

此地是黑暗的占领，
恐怖在统治人群，
幽夜茫茫地不明。

来到此地泪盈盈，
我是飘泊的孤身，
我要与残月同沉。

Fragments

不要说爱还是恨，
这问题我不要分明：
当我们提壶痛饮时，
可先问是酸酒是芳醇？

愿她温温的眼波
荡醒我心头的春草：
谁希望有花儿果儿？
但愿在春天里活几朝。

致萤火

萤火，萤火，
你来照我。

照我，照这沾露的草，
照这泥土，照到你老。

我躺在这里，让一颗芽
穿过我的躯体，我的心，
长成树，开花；

让一片青色的藓苔，
那么轻，那么轻
把我全身遮盖，

像一双小手纤纤，

当往日我在昼眠，

把一条薄被

在我身上轻披。

我躺在这里

咀嚼着太阳的香味；

在什么别的天地，

云雀在青空中高飞。

萤火，萤火

给一缕细细的光线——

够担得起记忆，

够把沉哀来吞咽！

凝泪出门

昏昏的灯，
溟溟的雨，
沉沉的未晓天；
凄凉的情绪，
将我的愁怀占住。

凄绝的寂静中，
你还酣睡未醒；
我无奈踯躅徘徊，
独自凝泪出门：
啊，我已够伤心。

清冷的街灯，
照着车儿前进；
在我的胸怀里，
我是失去了欢欣，
愁苦已来临。

赠克木

我不懂别人为什么给那些星辰
取一些它们不需要的名称，
它们闲游在太空，无牵无挂，
不了解我们，也不求闻达。

记着天狼、海王、大熊……这一大堆，
还有它们的成分，它们的方位，
你绞干了脑汁，涨破了头，
弄了一辈子，还是个未知的宇宙。

星来星去，宇宙运行，
春秋代序，人死人生，
太阳无量数，太空无限大，
我们只是倏忽渺小的夏虫井蛙。

不痴不聋，不作阿家翁，

为人之大道全在懵懂，

最好不求甚解，单是望望，

看天，看星，看月，看太阳。

也看山，看水，看云，看风，

看春夏秋冬之不同，

还看人世的痴愚，人世的倥偬：

静默地看着，乐在其中。

乐在其中，乐在空与时以外，

我和欢乐都超越过一切的境界，

自己成一个宇宙，有它的日月星，

来供你钻究，让你皓首穷经。

或是我将变成一颗奇异的彗星，

在太空中欲止即止，欲行即行，

让人算不出轨迹，瞧不透道理，

然后把太阳敲成碎火，把地球撞成泥。

夜行者

这里他来了：夜行者！
冷清清的街道有沉着的跫音。
从黑茫茫的雾，
到黑茫茫的雾。

夜的最熟稔的朋友，
他知道它的一切琐碎，
那么熟稔，在它的熏陶中，
他染了它一切最古怪的脾气。

夜行者是最古怪的人。
你看他在黑夜里：
戴着黑色的毡帽，
迈着夜一样静的步子。

可知

可知怎的旧时的欢乐
到回忆都变作悲哀，
在月暗灯昏时候
重重地兜上心来，
啊，我的欢爱！

为了如今惟有愁和苦，
朝朝的难遣难排，
恐惧以后无欢日，
愈觉得旧时难再，
啊，我的欢爱！

可是只要你能爱我深，
只要你深情不改，

这今日的悲哀，
会变作来朝的欢快，
啊，我的欢爱！

否则悲苦难排解，
幽暗重重向我来，
我将含怨沉沉睡，
睡在那碧草青苔，
啊，我的欢爱！

眼

在你的眼睛的微光下
迢遥的潮汐升涨：
玉的珠贝，
青铜的海藻……
千万尾飞鱼的翅，
剪碎分而复合的
顽强的渊深的水。

无渚崖的水，
暗青色的水！
在什么经纬度上的海中，
我投身又沉溺在
以太阳之灵照射的诸太阳间，
以月亮之灵映光的诸月亮间，

以星辰之灵闪烁的诸星辰间？

于是我是彗星，

有我的手，

有我的眼，

并尤其有我的心。

我晞曝于你的眼睛的

苍茫朦胧的微光中，

并在你上面，

在你的太空的镜子中

鉴照我自己的

透明而畏寒的

火的影子，

死去或冰冻的火的影子。

我伸长，我转着，

我永恒地转着，

在你的永恒的周围

并在你之中……

我是从天上奔流到海，

从海奔流到天上的江河，

我是你每一条动脉，

每一条静脉，

每一个微血管中的血液，
我是你的睫毛
（它们也同样在你的
眼睛的镜子里顾影）
是的，你的睫毛，你的睫毛，

而我是你，因而我是我。

乐园鸟

飞着，飞着，春，夏，秋，冬，
昼，夜，没有休止，
华羽的乐园鸟，
这是幸福的云游呢，
还是永恒的苦役？

渴的时候也饮露，
饥的时候也饮露，
华羽的乐园鸟，
这是神仙的佳肴呢，
还是为了对于天的乡思？

是从乐园里来的呢，
还是到乐园里去的？

华羽的乐园鸟，

在茫茫的青空中

也觉得你的路途寂寞吗？

假使你是从乐园里来的

可以对我们说吗，

华羽的乐园鸟，

自从亚当，夏娃被逐后，

那天上的花园已荒芜到怎样了？

残花的泪

寂寞的古园中，
明月照幽素，
一枝凄艳的残花
对着蝴蝶泣诉：

我的娇丽已残，
我的芳时已过，
今宵我流着香泪，
明朝会萎谢尘土。

我的旖艳与温馨，
我的生命与青春
都已为你所有，
都已为你消受尽！

你旧日的蜜意柔情
如今已抛向何处？
看见我憔悴的颜色，
你啊，你默默无语！

你会把我孤凉地抛下，
独自蹁跹地飞去，
又飞到别枝春花上，
依依地将她恋住。

明朝晓日来时
小鸟将为我唱薤露歌；
你啊，你不会眷顾旧情
到此地来凭吊我！

十四行

微雨飘落在你披散的鬓边，
像小珠碎落在青色的海带草间
或是死鱼飘翻在波浪上，
闪出神秘又凄切的幽光，

诱着又带着我青色的魂灵，
到爱和死的梦的王国中睡眠，
那里有金色的空气和紫色的太阳，
那里可怜的生物将欢乐的眼泪流到胸膛；

就像一只黑色的衰老的瘦猫，
在幽光中我憔悴又伸着懒腰，
流出我一切虚伪和真诚的骄傲；

然后，又跟着它踉跄在轻雾朦胧；
像淡红的酒沫飘在琥珀中，
我将有情的眼泪藏在幽暗的记忆中。

断指

在一口老旧的、满积着灰尘的书橱中，

我保存着一个浸在酒精瓶中的断指；

每当无聊地去翻寻古籍的时候，

它就含愁地勾起一个使我悲哀的记忆。

这是我一个已牺牲了的朋友的断指，它是惨白的，枯瘦的，

和我的友人一样；时常萦系着我的，而且是很分明的，

是他将这断指交给我的时候的情景：

"替我保存这可笑可怜的恋爱的纪念吧，在零落的生涯中，

它是只能增加我的不幸。"他的话是舒缓的，沉着的，

像一个叹息，而他的眼中似乎含有泪水，虽然微笑在脸上。

关于他"可笑可怜的恋爱"我可不知道，

我知道的只是他在一个工人家里被捕去；随后是酷刑吧，

随后是惨苦的牢狱吧，随后是死刑吧，

那等待着我们大家的死刑吧。

　　关于他"可笑可怜的恋爱"我可不知道，他从未对我谈

起过，

　　即使在喝醉酒时。但我猜想这一定是一段悲哀的事，

　　他隐藏着，他想使它随着截断的手指一同被遗忘了。

　　这断指上还染着油墨的痕迹，是赤色的，

　　是可爱的光辉的赤色的，它很灿烂地在这截断的手指上，

　　正如他责备别人懦怯的目光在我心头一样。

　　这断指常带了轻微又粘着的悲哀给我，

　　但是这在我又是一件很有用的珍品，

　　当为了一件琐事而颓丧的时候，

　　我会说："好，让我拿出那个玻璃瓶来吧。"

不要这样盈盈地相看

不要这样盈盈地相看，
把你伤感的头儿垂倒，
静，听啊，远远地，在林里，
在死叶上的希望又醒了。

是一个昔日的希望，
它沉睡在林里已多年；
是一个缠绵烦琐的希望，
它早在遗忘里沉湮。

不要这样盈盈地相看，
把你伤感的头儿垂倒，
这一个昔日的希望，
它已被你惊醒了。

这是缠绵烦琐的希望，
如今已被你惊起了，
它又要依依地前来
将你与我烦扰。

不要这样盈盈地相看，
把你伤感的头儿垂倒，
静，听啊，远远地，从林里，
惊醒的昔日的希望来了。

静夜

像侵晓蔷薇的蓓蕾
含着晶耀的香露，
你盈盈地低泣，低着头，
你在我心头开了烦忧路。

你哭泣嘤嘤地不停，
我心头反复地不宁；
这烦忧是从何处生
使你堕泪，又使我伤心？

停了泪儿啊，请莫悲伤，
且把那原因细讲，
在这幽夜沉寂又微凉，
人静了，这正是时光。

路上的小语

——给我吧，姑娘，那朵簪在你发上的
小小的青色的花，
它是会使我想起你的温柔来的。

——它是到处都可以找到的，
那边，你看，在树林下，在泉边，
而它又只会给你悲哀的记忆的。

——给我吧，姑娘，你的像花一样地燃着的，
像红宝石一般晶耀着的嘴唇，
它会给我蜜的味，酒的味。

——不，它只有青色的橄榄的味，
和未熟的苹果的味，

而且是不给说谎的孩子的。

——给我吧，姑娘，那在你衫子下的
你的火一样的，十八岁的心，
那里是盛着天青色的爱情的。

——它是我的，是不给任何人的，
除非别人愿意把他自己的真诚的
来作一个交换，永恒地。

林下的小语

走进幽暗的树林里

人们在心头感到了寒冷，

亲爱的，在心头你也感到寒冷吗？

当你拥在我怀里

而且把你的唇黏着我的的时候？

不要微笑，亲爱的，

啼泣一些是温柔的，

啼泣吧，亲爱的，啼泣在我的膝上，

在我的胸头，在我的颈边。

啼泣不是一个短促的欢乐。

"追随我到世界的尽头"，

你固执地这样说着吗？

你说得多傻！你去追随天风吧！

我呢，我是比天风更轻，更轻，

是你永远追随不到的。

哦，不要请求我的心了！

它是我的，是只属于我的。

什么是我们的好时光的纪念吗？

拿去吧，亲爱的，拿去吧，

这沉哀，这绛色的沉哀。

到我这里来

到我这里来，假如你还存在着，

全裸着，披散了你的发丝：

我将对你说那只有我们两人懂得的话。

我将对你说为什么蔷薇有金色的花瓣，

为什么你有温柔而馥郁的梦，

为什么锦葵会从我们的窗间探首进来。

人们不知道的一切我们都会深深了解，

除了我的手的颤动和你的心的奔跳；

不要怕我发着异样的光的眼睛，

向我来：你将在我的臂间找到舒适的卧榻。

可是，啊，你是不存在着了，

虽则你的记忆还使我温柔地颤动，

而我是徒然地等待着你，每一个傍晚，

在菩提树下，沉思地，抽着烟。

第 四 辑
流浪人的夜歌

　　残月是已死的美人，在山头哭泣嘤嘤，哭
她细弱的魂灵。怪枭在幽谷悲鸣，饥狼在嘲笑
声声，在那残碑断碣的荒坟。此地黑暗的占
领，恐怖在统治人群，幽夜茫茫地不明。来到
此地泪盈盈，我是颠连飘泊的孤身，我要与残
月同沉。

游子谣

海上微风起来的时候，
暗水上开遍青色的蔷薇。
——游子的家园呢？

篱门是蜘蛛的家，
土墙是薜荔的家，
枝繁叶茂的果树是鸟雀的家。

游子却连乡愁也没有，
他沉浮在鲸鱼海蟒间：
让家园寂寞的花自开自落吧。

因为海上有青色的蔷薇，
游子要萦系他冷落的家园吗？

还有比蔷薇更清丽的旅伴呢。

清丽的小旅伴是更甜蜜的家园,
游子的乡愁在那里徘徊踯躅。
唔,永远沉浮在鲸鱼海蟒间吧。

狱中题壁

如果我死在这里，
朋友啊，不要悲伤，
我会永远地生存
在你们的心上。

你们之中的一个死了，
在日本占领地的牢里，
他怀着的深深仇恨，
你们应该永远地记忆。

当你们回来，从泥土
掘起他伤损的肢体，
用你们胜利的欢呼
把他的灵魂高高扬起。

然后把他的白骨放在山峰，
曝着太阳，沐着飘风，
在那暗黑潮湿的土牢，
这曾是他唯一的美梦。

百合子

百合子是怀乡病的可怜的患者，
因为她的家是在灿烂的樱花丛里的；
我们徒然有百尺的高楼和沉迷的香夜，
但温煦的阳光和朴素的木屋总常在她缅想中。

她度着寂寂的悠长的生涯，
她盈盈的眼睛茫然地望着远处；
人们说她冷漠的是错了，
因为她沉思的眼里是有着火焰。

她将使我为她而憔悴吗？
或许是的，但是谁能知道？
有时她向我微笑着，
而这忧郁的微笑使我也坠入怀乡病里。

她是冷漠的吗？不。

因为我们的眼睛是秘密地交谈着；

而她是醉一样地合上了她的眼睛的，

如果我轻轻地吻着她花一样的嘴唇。

流浪人的夜歌

残月是已死的美人，
在山头哭泣嘤嘤，
哭她细弱的魂灵。

怪枭在幽谷悲鸣，
饥狼在嘲笑声声，
在那残碑断碣的荒坟。

此地黑暗的占领，
恐怖在统治人群，
幽夜茫茫地不明。

来到此地泪盈盈，
我是颠连飘泊的孤身，
我要与残月同沉。

我用残损的手掌

我用残损的手掌

摸索这广大的土地：

这一角已变成灰烬，

那一角只是血和泥；

这一片湖该是我的家乡，

（春天，堤上繁花如锦障，

嫩柳枝折断有奇异的芬芳，）

我触到荇藻和水的微凉；

这长白山的雪峰冷到彻骨，

这黄河的水夹泥沙在指间滑出；

江南的水田，你当年新生的禾草

是那么细，那么软……现在只有蓬蒿；

岭南的荔枝花寂寞地憔悴，

尽那边，我蘸着南海没有渔船的苦水……

无形的手掌掠过无限的江山，

手指沾了血和灰，手掌粘了阴暗，

只有那辽远的一角依然完整，

温暖，明朗，坚固而蓬勃生春。

在那上面，我用残损的手掌轻抚，

像恋人的柔发，婴孩手中乳。

我把全部的力量运在手掌

贴在上面，寄与爱和一切希望，

因为只有那里是太阳，是春，

将驱逐阴暗，带来苏生，

因为只有那里我们不像牲口一样活，

蝼蚁一样死……那里，永恒的中国！

单恋者

我觉得我是在单恋着，
但是我不知道是恋着谁：
是一个在迷茫的烟水中的国土吗，
是一枝在静默中零落的花吗，
是一位我记不起的陌路丽人吗？
我不知道。
我知道的是我的胸膛胀着，
而我的心悸动着，像在初恋中。

在烦倦的时候，
我常是暗黑的街头的踯躅者，
我走遍了嚣嚷的酒场，
我不想回去，好像在寻找什么。
飘来一丝媚眼或是塞满一耳腻语，

那是常有的事。

但是我会低声说：

"不是你！"然后踉跄地又走向他处。

人们称我为"夜行人"，

尽便吧，这在我是一样的；

真的，我是一个寂寞的夜行人，

而且又是一个可怜的单恋者。

老之将至

我怕自己将慢慢地慢慢地老去，
随着那迟迟寂寂的时间，
而那每一个迟迟寂寂的时间，
是将重重地载着无量的怅惜的。

而在我坚而冷的圈椅中，在日暮，
我将看见，在我昏花的眼前
飘过那些模糊的暗淡的影子：
一片娇柔的微笑，一只纤纤的手，
几双燃着火焰的眼睛，
或是几点耀着珠光的眼泪。

是的，我将记不清楚了：
在我耳边低声软语着

"在最适当的地方放你的嘴唇"的，
是那樱花一般的樱子吗？
那是茹丽苔吗，飘着懒倦的眼
望着她已卸了的锦缎的鞋子？……
这些，我将都记不清楚了，
因为我老了。

我说，我是担忧着怕老去，
怕这些记忆凋残了，
一片一片地，像花一样；
只留着垂枯的枝条，孤独地。

二月

春天已在野菊的头上逡巡着了，
春天已在斑鸠的羽上逡巡着了，
春天已在青溪的藻上逡巡着了，
绿荫的林遂成为恋的众香国。

于是原野将听倦了谎话的交换，
而不载重的无邪的小草
将醉着温软的皓体的甜香；

于是，在暮色冥冥里
我将听了最后一个游女的惋叹，
拈着一枝蒲公英缓缓地归去。

过旧居

这样迟迟的日影，
这样温暖的寂静，
这片午炊的香味，
对我是多么熟稔。

这带露台，这扇窗，
后面有幸福在窥望，
还有几架书，两张床，
一瓶花……这已是天堂。

我没有忘记：这是家，
妻如玉，女儿如花，
清晨的呼唤和灯下的闲话，
想一想，会叫人发傻；

单听他们亲昵地叫，

就够人整天地骄傲，

出门时挺起胸，伸直腰，

工作时也抬头微笑。

现在……可不是我回家的午餐？……

桌上一定摆上了盘和碗，

亲手调的羹，亲手煮的饭，

想起了就会嘴馋。

这条路我曾经走了多少回！

多少回？……过去都压缩成一堆，

叫人不能分辨，日子是那么相类，

同样幸福的日子，这些孪生姊妹！

我可糊涂啦，是不是今天

出门时我忘记说"再见"？

还是这事情发生在许多年前，

其中间隔着许多变迁？

可是这带露台，这扇窗，

那里却这样静，没有声响，

没有可爱的影子，娇小的叫嚷，

只是寂寞，寂寞，伴着阳光。

而我的脚步为什么又这样累？

是否我肩上压着苦难的岁月，

压着沉哀，透渗到骨髓，

使我眼睛朦胧，心头消失了光辉？

为什么辛酸的感觉这样新鲜？

好像伤没有收口，苦味在舌间。

是一个归途的设想把我欺骗，

还是灾难的岁月真横亘其间？

我不明白，是否一切都没改动，

却是我自己做了白日梦，

而一切都在那里，原封不动：

欢笑没有冰凝，幸福没有尘封？

或是那些真实的岁月，年代，

走得太快一点，赶上了现在，

回过头来瞧瞧，匆忙又退回来，

再陪我走几步，给我瞬间的欢快？

…………

有人开了窗，

有人开了门，

走到露台上——

一个陌生人。

生活，生活，漫漫无尽的苦路！

咽泪吞声，听自己疲倦的脚步；

遮断了魂梦的不仅是海和天，云和树，

无名的过客在往昔作了瞬间的踌躇。

过时

说我是一个在怅惜着，
怅惜着好往日的少年吧，
我唱着我的崭新的小曲，
而你却揶揄：多么"过时"！

是呀，过时了，我的"单恋女"
都已经变做妇人或是母亲，
而我，我还可怜地年轻——
年轻？不吧，有点靠不住。

是呀，年轻是有点靠不住，
说我是有一点老了吧！
你只看我拿手杖的姿态，

它会告诉你一切；而我的眼睛亦然。

老实说，我是一个年轻的老人了：

对于秋草秋风是太年轻了，

而对于春月春花却又太老。

印象

是飘落深谷去的
幽微的铃声吧,
是航到烟水去的
小小的渔船吧,
如果是青色的珍珠；
它已堕到古井的暗水里。

林梢闪着的颓唐的残阳,
它轻轻地敛去了
跟着脸上浅浅的微笑。

从一个寂寞的地方起来的,
迢遥的,寂寞的呜咽,
又徐徐回到寂寞的地方,寂寞地

白蝴蝶

给什么智慧给我，
小小的白蝴蝶，
翻开了空白之页，
合上了空白之页？

翻开的书页：
寂寞；
合上的书页：
寂寞。

烦忧

说是寂寞的秋的悒郁，
说是辽远的海的怀念。
假如有人问我烦忧的原故，
我不敢说出你的名字。

我不敢说出你的名字，
假如有人问我烦忧的原故：
说是辽远的海的怀念，
说是寂寞的秋的悒郁。

有赠

谁曾为我束起许多花枝，

灿烂过又憔悴了的花枝，

谁曾为我穿起许多泪珠，

又倾落到梦里去的泪珠？

我认识你充满了怨恨的眼睛，

我知道你愿意缄在幽暗中的话语，

你引我到了一个梦中，

我却又在另一个梦中忘了你。

我的梦和我的遗忘中的人，

哦，受过我暗自祝福的人，

终日有意地灌溉着蔷薇，

我却无心地让寂寞的兰花愁谢。

偶成

如果生命的春天重到，

古旧的凝冰都哗哗地解冻，

那时我会再看见灿烂的微笑，

再听见明朗的呼唤——这些迢遥的梦。

这些好东西都决不会消失，

因为一切好东西都永远存在，

它们只是像冰一样凝结，

而有一天会像花一样重开。

少年行

是簪花的老人呢，
灰暗的篱笆披着茑萝；

旧曲在颤动的枝叶间死了，
新蜕的蝉用单调的生命赓续。

结客寻欢都成了后悔，
还要学少年的行踪吗？

平静的天，平静的阳光下，
烂熟的果子平静地落下来了。

微笑

轻岚从远山飘开，
水蜘蛛在静水上徘徊；
说吧：无限意，无限意。

有人微笑，
一颗心开出花来，
有人微笑，
许多脸儿忧郁起来。

做定情之花带的点缀吧，
做迢遥之旅愁的凭借吧。

忧郁

我如今已厌看蔷薇色，

一任她娇红披满枝。

心头的春花已不更开，

幽黑的烦忧已到我欢乐之梦中来。

我的唇已枯，我的眼已枯，

我呼吸着火焰，我听见幽灵低诉。

去吧，欺人的美梦，欺人的幻象，

天上的花枝，世人安能痴想！

我颓唐地在挨度这迟迟的朝夕，

我是个疲倦的人儿，我等待着安息。

深闭的园子

五月的园子，
已花繁叶满了，
浓荫里却静无鸟喧。

小径已铺满苔藓，
而篱门的锁也锈了——
主人却在迢遥的太阳下。

在迢遥的太阳下，
也有璀璨的园林吗？

陌生人在篱边探首，
空想着天外的主人。

268

灯

士为知己者用，
故承恩的灯
遂做了恋的同谋人：
作憧憬之雾的
青色的灯，
作色情之屏的
桃色的灯。

因为我们知道爱灯，
如仁者乐山，智者乐水，
为供它的法眼的鉴赏
我们展开秘藏的风俗画：
灯却不笑人的疯魔。

在灯的友爱的光里，

人走进了美容院；

千手千眼的技师，

替人匀着最宜雅的脂粉，

于是我们便目不暇接。

太阳只发着学究的教训，

而灯光却作着亲切的密语，

至于交头接耳的暗黑，

就是饕餮者的施主了。

秋

再过几日秋天是要来了，
默坐着，抽着陶制的烟斗
我已隐隐听见它的歌吹
从江水的船帆上。

它是在奏着管弦乐；
这个使我想起做过的好梦；
从前认它为好友是错了，
因为它带了烦忧来给我。

林间的猎角声是好听的，
在死叶上的漫步也是乐事，
但是，独身汉的心地我是很清楚的，
今天，我没有这闲雅的兴致。

我对它没有爱也没有恐惧，
你知道它所带来的东西的重量，
我是微笑着，安坐在我的窗前，
当浮云带着恐吓的口气来说：
秋天来了，望舒先生！

夜

夜是清爽而温暖，
飘过的风带着青春和爱的香味，
我的头是靠在你裸着的膝上，
你想微笑，而我却想啜泣。

温柔的是缢死在你的发丝上，
它是那么长，那么细，那么香；
但是我是怕着，那飘过的风
要把我们的青春带去。

我们只是被年海的波涛
挟着飘去的可怜的沉舟，
不要讲古旧的绮腻风光了，
纵然你有柔情，我有眼泪。

我是害怕那飘过的风，

那带去了别人的青春和爱的飘过的风，

它也会带去了我们的，

然后丝丝地吹入凋谢了的蔷薇花丛。

第五辑
寻梦者

　　当你鬓发斑斑了的时候，当你眼睛朦胧了的时候，金色的贝吐出桃色的珠。把桃色的珠放在你怀里，把桃色的珠放在你枕边，于是一个梦静静地升上来了。

寻梦者

梦会开出花来的，
梦会开出娇妍的花来的：
去求无价的珍宝吧。

在青色的大海里，
在青色的大海的底里，
深藏着金色的贝一枚。

你去攀九年的冰山吧，
你去航九年的旱海吧，
然后你逢到那金色的贝。

它有天上的云雨声，
它有海上的风涛声，

它会使你的心沉醉。

把它在海水里养九年，

把它在天水里养九年，

然后，它在一个暗夜里开绽了。

当你鬓发斑斑了的时候，

当你眼睛朦胧了的时候，

金色的贝吐出桃色的珠。

把桃色的珠放在你怀里，

把桃色的珠放在你枕边，

于是一个梦静静地升上来了。

你的梦开出花来了，

你的梦开出娇妍的花来了，

在你已衰老了的时候。

我的素描

辽远的国土的怀念者，
我，我是寂寞的生物。

假若把我自己描画出来，
那是一幅单纯的静物写生。

我是青春和衰老的集合体，
我有健康的身体和病的心。

在朋友间我有爽直的声名，
在恋爱上我是一个低能儿。

因为当一个少女开始爱我的时候，
我先就要栗然地惶恐。

我怕着温存的眼睛，
像怕初春青空的朝阳。

我是高大的，我有光辉的眼；
我用爽朗的声音恣意谈笑。

但在悒郁的时候，我是沉默的，
悒郁着，用我二十四岁的整个的心。

闻曼陀铃

从水上飘起的，春夜的曼陀铃，
你咽怨的亡魂，孤寂又缠绵，
你在哭你的旧时情？

你徘徊到我的窗边，
寻不到昔日的芬芳，
你惆怅地哭泣到花间。

你凄婉地又重进我的纱窗，
还想寻些坠鬟的珠屑——
啊，你又失望地咽泪去他方。

你依依地又来到我耳边低泣；
啼着那颓唐哀怨之音；
然后，懒懒地，到梦水间消歇。

我的记忆

我的记忆是忠实于我的，
忠实甚于我最好的友人。

它存在在燃着的烟卷上，
它存在在绘着百合花的笔杆上，
它存在在破旧的粉盒上，
它存在在颓垣的木莓上，
它存在在喝了一半的酒瓶上，
在撕碎的往日的诗稿上，在压干的花片上，
在凄暗的灯上，在平静的水上，
在一切有灵魂没有灵魂的东西上，
它在到处生存着，像我在这世界一样。

它是胆小的，它怕着人们的喧嚣，

但在寂廖时，它便对我来作密切的拜访。

它的声音是低微的，

但它的话却很长，很长，

很多，很琐碎，而且永远不肯休；

它的话是古旧的，老讲着同样的故事，

它的音调是和谐的，老唱着同样的曲子，

有时它还模仿着爱娇的少女的声音，

它的声音是没有气力的，

而且还挟着眼泪，夹着太息。

它的拜访是没有一定的，

在任何时间，在任何地点，

时常当我已上床，朦胧地想睡了；

人们会说它没有礼貌，

但是我们是老朋友。

它是琐琐地永远不肯休止的，

除非我凄凄地哭了，或者沉沉地睡了：

但是我永远不讨厌它，

因为它是忠实于我的。

等待(一)

我等待了两年，
你们还是这样遥远啊！
我等待了两年，
我的眼睛已经望倦啊！

说六个月可以回来啦，
我却等待了两年啊，
我已经这样衰败啦，
谁知道还能够活几天啊。

我守望着你们的脚步，
在熟稔的贫困和死亡间，
当你们再来，带着幸福，
会在泥土中看见我张大的眼。

等待(二)

你们走了,留下我在这里等,

看血污的铺石上徘徊着鬼影,

饥饿的眼睛凝望着铁栅,

勇敢的胸膛迎着白刃:

耻辱黏住每一颗赤心,

在那里,炽烈地燃烧着悲愤。

把我遗忘在这里,让我见见

屈辱的极度,沉痛的界限,

做个证人,做你们的耳,你们的眼,

尤其做你们的心,受苦难,磨炼,

仿佛是大地的一块,让铁蹄蹂践,

仿佛是你们的一滴血,遗在你们后面。

没有眼泪没有语言的等待：

生和死那么紧地相贴相挨，

而在两者间，颀长的岁月在那里挤，

结伴儿走路，好像难兄难弟。

冢地只两步远近，我知道

安然占六尺黄土，盖六尺青草；

可是这儿也没有什么大不同，

在这阴湿，窒息的窄笼，

做白虱的巢穴，做泔脚缸，

让脚气慢慢延伸到小腹上，

做柔道的呆对手，剑术的靶子，

从口鼻一齐喝水，然后给踩肚子，

膝头压在尖钉上，砖头垫在脚踵上，

听鞭子在皮骨上舞，做飞机在梁上荡……

多少人从此就没有回来，

然而活着的却耐心地等待。

让我在这里等待，

耐心地等待你们回来：

做你们的耳目，我曾经生活，

做你们的心，我永远不屈服。

旅思

故乡芦花开的时候，
旅人的鞋跟染着征泥，
黏住了鞋跟，黏住了心的征泥，
几时经可爱的手拂拭？

栈石星饭的岁月，
骤山骤水的行程：
只有寂静中的促织声，
给旅人尝一点家乡的风味。

我思想

我思想，故我是蝴蝶……

万年后小花的轻呼

透过无梦无醒的云雾，

来振撼我斑斓的彩翼。

独自的时候

房里曾充满过清朗的笑声，
正如花园里充满过蔷薇，
人在满积着的梦的灰尘中抽烟，
沉想着消逝了的音乐。

在心头飘来飘去的是什么啊，
像白云一样的无定，像白云一样的沉郁？
而且要对它说话也是徒然的，
正如人徒然向白云说话一样。

幽暗的房里耀着的只有光泽的木器，
独语着的烟斗也黯然缄默，
人在尘雾的空间描摹着惨白的裸体
和烧着人的火一样的眼睛。

为自己悲哀和为别人悲哀是同样的事，
虽然自己的梦是和别人的不同，
但是我知道今天我是流过眼泪，
而从外边，寂静是悄悄地进来。

见毋忘我花

为你开的，

为我开的毋忘我花，

为了你的怀念，

为了我的怀念，

它在陌生的太阳下，

陌生的树林间，

谦卑地，悒郁地开着。

在僻静的一隅，

它为你向我说话，

它为我向你说话；

它重数我们用凝望

远方潮润的眼睛

在沉默中所说的话，

而它的语言又是
像我们的眼一样沉默。

开着吧，永远开着吧，
挂虑我们的小小的青色的花。

古意答客问

孤心逐浮云之炫烨的卷舒,

惯看青空的眼喜侵阈的青芜。

你问我的欢乐何在?

——窗头明月枕边书。

侵晨看岗蹀躞于山巅,

入夜听风琐语于花间。

你问我的灵魂安息于何处?

——看那袅绕地,袅绕地升上去的炊烟。

渴饮露,饥餐英;

鹿守我的梦,鸟祝我的醒。

你问我可有人间世的挂虑?

——听那消沉下去的百代之过客的跫音。

对于天的怀乡病

怀乡病，怀乡病，

这或许是一切

有一张有些忧郁的脸，

一颗悲哀的心，

而且老是缄默着，

还抽着一枝烟斗的

人们的生涯吧。

怀乡病，哦，我啊，

我也许是这类人之一吧，

我呢，我渴望着回返

到那个天，到那个如此青的天，

在那里我可以生活又死灭，

像在母亲的怀里，

一个孩子欢笑又啼泣。

我啊，我是一个怀乡病者

对于天的，对于那如此青的天的；

那里，我是可以安憩地睡眠，

没有半边头风，没有不眠之夜，

没有心的一切的烦恼，

这心，它，已不是属于我的，

而有人已把它抛弃了，

像人们抛弃了敝屣一样。

秋天的梦

迢遥的牧女的羊铃，
摇落了轻的树叶。

秋天的梦是轻的，
那是窈窕的牧女之恋。

于是我的梦静静地来了，
但却载着沉重的昔日。

哦，现在，我有一些寒冷，
一些寒冷，和一些忧郁。